때로는 멀리 떨어져 산다

SHIPPAI TOIU JINSEI WA NAI by Ayako Sono
ⓒ1988 by Ayako Sono
Original Japanese edition published by Shinchosha Publishing Co., Ltd.
Korean translation rights arranged with Ayako Sono
through Japan Foreign-Rights Centre/Imprima Korea Agency

때로는 멀리 떨어져 산다

소노 아야코 에세이 오유리 옮김

때로는 멀리 떨어져 산다

책읽는고양이

이 책은 차례대로
읽지 않으셔도 됩니다.
자유롭게 손 가는 페이지를 열어
읽으셔도 좋습니다.

들어가는 말

이 책이 만들어진 것은 한 독자에게서 받은 편지가 계기가 됐다. 그 분은 내가 쓴 글을 꽤 많이 읽기는 했지만 책 읽을 시간이 한정되어 있으니 그 동안 발간한 책 중에 가장 중요한 부분들만 따로 모아놓은 것은 없는지 궁금해했다. 하지만 당시의 나는 지금보다 젊고 약간은 보수적이었기 때문에, 누구의 작품이든 간에 간단하게 그 전모를 알 수 있는 방법은 없으며, 게다가 책이라는 것은 바쁜데 무리해서 읽는 것도 옳지 않다고 생각했었다. 가끔 "낮잠은 독서보다 낫다"라는 말을 한 그리스의 현인은 없었을까 하고 장난삼아 생각했을 정도였다. 그러나 세월이 흐르고 보니 바쁜 사람이 시간의 제약을 받으면서 독서를 하는 것도 상당히 힘든 일이라고 생각하게 되었다. 나부터도 다른 잡일이 많아지면 우선 독서할 시간을 줄이지 식사를 한 끼 거르더라도 독서를 해야지 하는 생각은 결코 들지 않는다.

소설을 쓰는 사람으로서 40대부터 그 이후는 황금 시대라고 생각한다. 나이가 들었다고 해서 소설을 능숙하게 쓸 수 있게 되는 것은 아니지만 글 쓰는 자세만큼은 자연스러워지는 것 같다. 쓸 거리가 없으면 안 쓰면 그만이다. 쓸 거리가 있는 동안만 쓴다. 그것이 과연 언제까지일까? 죽는 그날까지일까? 내년으로 끝일까? 어느 날 갑자기 심경의 변화를 일으켜 내가 모자이크 공예가가 되겠다고 생각하지 말라는 법도 없다. 물론 내 입장에서는 모자이크 쪽이 더 어려울 테니까 편안한 소설을 계속 쓸 가능성이 더 클 것이다. 이처럼 나 자신의 변신에 대한 기대가 고조될 무렵, 오래 전에 받은 독자의 편지가 생각났고 주위의 도움으로 이 책은 완성되었다. 손이 많이 가는 발췌 작업과 선택 과정은 세 명의 친구들이 맡아주었다. 이 책은 그러한 우정에 의해 탄생한 것이다. 세상에는 바쁜 사람들도 많으므로 "소노 아야코는 이런 말들을 했다."고 간단히 전달하는 것도 나쁘지 않다고 생각했다.

　과거 시나이 사막을 군용 수송 차량으로 여행했을 때 유대인 운전수는 그날의 병영지에 도착하자 우선 땅바닥에 주저앉아 30분 정도 명상을 했다. 인간은 어떠한 황야에 있어도 심신이 고통스럽지 않는 한, 자신을 추스르는 방법을 알고 있다. 이 책은 삭막한 사막 같은 작품의 편린에 지나지 않지만 그 안에서도 마음의 여유가 있는 독자들은 오히려 자유롭게 자신의 세계를 찾아나갈 것이라 생각한다.

소노 아야코

차례

1부

관계

예부터 지금까지 나는 어느 정도의 성실함과 그와 엇비슷한 정도의 불성실한 자세로 사람들을 만나오고 있다. 대부분의 인간 관계에서 그 이상 기대할 것도 없고, 이쪽의 성실함이 반드시 상대에게 만족을 준다는 보장도 없기 때문이다. 신의 더럽혀진 손

'존경이 곧 쾌락' 이라는 것을 안 것은 이미 오래 전이지만, 그것이 쾌락이 될 수 있다는 것을 젊었을 땐 생각조차 못했다. 그러나 지금은 그 일밖에 낙이 없는 것 같은 느낌까지 든다.

　　이 세상에 완전한 사람은 없다. 그와 동시에 존경할 만한 점이 없는 사람도 거의 없다. 다만 사람들은 저마다 취향이 다르니 존경하기는 해도 가까이 어울릴 수 없는 경우는 있다. 하지만 아무리 괴벽이 있다고 해도 어딘가 좋은 구석이 하나라도 있으면 나는 그 사람과 만나는 게 즐겁다. 성 바오로와의 만남 우리는 타인의 존재에 대해 감사함과 동시에 부부 사이든 부모 자식 간이든 미숙한 사람을 소홀히 여기지 말아야 한다. '훌륭하기 때문에 좋아한다'는 것으로는 참된 호감이라 할 수 없다. 영 칠칠치 못한 사람이라서 귀엽고 소중하다고 느끼는 게 참된 호감이라고 난 믿는다. 나를 바꾼 성서의 말

삶의 보람이라는 것은 사실 의외의 상황과 장소에 존재하며, 관대한 사람이 남에게 보람을 느끼게 해주기보다 엄한 사람이 그것을 느끼게 해줄 가능성이 더 크다. 사실 이야기

인간 만사, 눈물을 보이면 (상대보다) 밑이 되고,
화를 내면 대등하고, 웃으면 위가 된다. 나는 고양이요

돈도 내지 않고 신병을 떠맡지도 않는 사람이 하는 말은 신경쓰지 않아도 된다. 물론 돈이 다는 아니다. 돈이 아니라 마음이 충만할 때 인간은 아무리 가난해도 사는 목표를 찾을 수 있다. 돈은 오히려 최소한의 기능이자 가장 단순한 수단이다. 그러나 어떤 사람의 일생을 떠맡는 일은, 웬만한 각오로는 할 수 없는 일이다.

　　한 인간의 삶을 책임지는 사람에게 나는 제삼자로서 아무 말도 할 수 없다. 왜냐하면 아무리 상대를 박대하더라도 적어도 그 사람은 아무 일도 하지 않는 우리보다 상대에게 마음을 쓰고 있기 때문이다. 남들처럼 결혼하지 않습니다 자기 자신은 전혀 돌보지 않고 끊임없이 어떤 사람을 위해 애를 쓰다보면, 그 사람은 원망을 갖게 될 것이다. 그러나 그와 반대로 상대에게 최선을 다하지 않았다는 후회를 갖는다면, 언제까지나 그 미안함 때문에 순한 마음이 되게 마련이다. 길 떠나는 날 아침에

지금 나에게 다른 사람과의 만남만큼 호사스럽
고 귀중한 것은 또 없다. 술꾼이 술이 마시고파 남
의 장례식이든 뭐든 술 있는 곳이라면 장소 불문하
고 끼여 앉고 싶어하는 것처럼, 나는 서로 이야기 나
눌 사람을 만나기 위해서라면 이것저것 따질 것 없
이 뻔뻔해질 수 있다. 나중엔 들이 되든

타인과 친구가 되고 그와 적절한 관계를 맺는다
는 것은, 그 사람이 친한 친구일수록 본디 전혀 다른
개성을 갖고 태어난 개체라는 점을 인식하고, 그 차
이를 허용할 수 있다는 데서부터 시작되는 것이다.
따라서 나는 지금 이 나이가 되고 보니 젊은 세대에
게 말할 수 있다. 인간 관계의 보편적인 기본형은
내 몸에 맞지 않는 옷을 입는 것처럼 어색한 것이
다. 서로의 언행이 일치하지 않는 것이다. 오해의
소지가 있고 이해하기 어려운 것이다. 사람들 속의 나

사람들 사이의 관계가 너무나도 성실하고 완전하길 바라고 있지는 않은가? 인간은 타인을 완전히 지배할 수도, 조율할 수도 없다. 이 세상에 쓸모없는 사람은 단 한 명도 없다.

　　인간 관계는 영원한 괴로움이며 처음이자 마지막 기쁨이다. 아무리 관계를 잘 만들어 가려고 해도 우리는 반드시 잘못을 범한다. 그것은 서로가 각각 별개이고 사고방식도 제각기 다르기 때문이다. 그러니 인간 관계의 실패를 두려워할 필요도 없다. 사람들 속의 나

나는 좀 뻔뻔스러운 편인데도, 이 세상에 '당연한' 인간 관계란 없다는 걸 안다. 인간 관계는 어떠한 관계라도 일방적으로 잘라내버릴 수가 있다. 이는 다시 말해서 누구나 기존 관계에서 간단히 떨려날 수도 있다는 말이다. 그러므로 만약 좋은 처우를 받고 있다면, 어쩌다 예외적으로 내게 주어진 복이라 생각해야 한다. 작별하는 날까지

'상관없다'는 말이 있는데 사람이 그런 말을 할 때는 실제로 그 상대와 관계가 없음을 확인하는 형태로 그 상대의 존재를 확인한다. 시간이 멈춘 아기 우리는 관계없이 있을 수 있을 때만 상대를 무조건 좋게 생각할 수 있다. 관계를 맺으면 자연히 상대의 실체가 눈에 들어오게 된다. 작별하는 날까지 인간은 본래 타인을 이해하기 불가능한 존재다. 이것은 이미 이 땅에 인간이 존재한 이래 틀림없는 사실이었지만, 왜 그런지 사람들은 자기가 마음만 먹으면 이해할 수도 있다고 믿고 있다. 원형 수조

이 세상에는 그 나이가 되도록 아직 남이 자기를 올바르게 이해해주지 않는다고 한탄하는 사람이 있다. 그 나이라는 게 대체 몇 살이냐고 묻는다면, 나는 일단 열 다섯 살 정도라고 답할까 한다. 이런 사람들을 볼 때마다 나는 가끔씩 신기하다는 생각이 든다. 어떤 사람이 다른 사람을 속내까지 정확히 파악할 수 있다는 건 상식적으로 생각해도 있을 수 없는 일이거늘, 열 다섯이 되도록 그것을 몰랐으니 말이다. 사람들 속의 나

살아나간다는 것은 다시 말해서 누군가에게 폐를 끼칠 요소를 갖는다는 말이며 우리는 그 점을 확실히 인식할 필요가 있다. 물론 그와 동시에 그 사람은 다른 부분에서 사회에 도움도 준다. 달리 표현하면 우리는 사회로부터 혜택도 받지만 피해도 입게 된다는 말이다.

혜택만 받고 피해는 전혀 없는 사회라는 건 아예 있을 수가 없다는 것을 어릴 때부터 각인시켜야 한다. 그리고 인간은 외부에서 받은 혜택은 잊어버리기 쉽고 피해본 것만 오래도록 깊이 간직하는 존재라는 점도 가르쳐야 한다고 나는 생각한다. 마침내 나인 날들 친구 사이나 부모 자식 간에 줄 때는 생색을 내지 말고, 그렇게 하는 것이 그저 내 취미다 생각하면서 주는 게 좋다고 생각한다. '내가 이렇게 해주면 반드시 상대가 감사할 것이다', '대가가 오겠지' 하고 기대하지 않는 게 좋다. 왜냐하면 대가를 기대하는 행위는 진정한 사랑과 우정, 친절이 아니기 때문이다. 내가 상대에게 친절을 베풀 때는 상대가 나로 하여금 그렇게 행동할 기회를 준 것이다. 왜냐하면 친절하게 하는 행위는 일종의 기쁨이므로, 기쁜 감정을 온전히 받게 되는 것은 바로 나이기 때문이다.

부부, 그 신비한 관계

누구나 타인에게 친절한 사람이 되길 바란다. 그러나 그 방법을 곧잘 오해한다. 상대를 인정하는 것, 말을 거는 것, 함께 기뻐하는 것, 칭찬하는 것, 남에게 영광을 돌리는 것. 이러한 것들은 우리의 신분이 부모든 교사든 인간이라면 기본이 되는 자세일 뿐이다. 나를 바꾼 성서의 말

사실 남들은 하지 않더라도 자신은 묵묵히 '의무'를 다하고, 자기 것은 포기하더라도 타인의 '권리'는 인정해주어야 한다. 나를 바꾼 성서의 말

권리는 자기가 행사하는 것이 아니다. 타인이 그것을 소유하는 것을 인정하기 위한 것이다. 이에 반해 의무는 상대에게 요구하는 것이 아니다. 그것은, 누가 하든 말든 자신이 묵묵히 수행하면 되는 것이다. 사실 이야기

살다보면 득을 볼 가능성도 있고, 손해를 볼 가능성도 있다. 이러한 상반된 가능성을 인정하지 않으면 현실적으로 살아갈 수 없다. 본의 아니게 손해를 보게 된다면 절대 참을 수 없다고 생각하는 사람은 사회적 혜택을 받을 자격도 없다. 사실 이야기 사실 사람이 살아가는 데 있어 일생을 두고 반복되는 것은 '인식의 오차를 확인하는 일'이다. 그중에서도 특히 중요한 것은 자기 자신에 대한 평가이다. 나중엔 들이 되든 타인이 자기 생각대로 안 된다는 것을 누구나 애초에 절망하는 장소가 바로 도시이다. 그리고 절망했다고 해서 사회가 그렇게 나쁜 것도 아니다. 나는 그런 절망이야말로 인간적이라고 생각한다. 한 사람 한 사람의 생활 배후에는 다른 사람이 짐작할 수 없는 사정이 있다는 생각, 그 고독감이 인간을 단련시키는 면도 있다. 임시 거처

만약 '타인을 존경하지 못하는 사람의 불행'이
라는 것이 있다면 '자기가 훌륭한 사람이라고 믿고
있는 사람의 불행' 또한 존재할 것이다. 나중엔 들이
되든

친구를 지지할 때에는 모두가 좋게 보는 점뿐만 아니라 그 사람의 약점까지도 감싸안아야 한다. 그 사람이 남들로부터 오해받기 쉬운 점에 대한 정확한 의도까지 헤아리고 있어야 비로소 우정에서 우러난 지지를 보낼 수 있다. 나중엔 들이 되든 우리는 혼자일 때보다 오히려 집단에 속해 있을 때가 더 위험하다. 혼자라면 자신을 지킬 수 있어도 집단에 속하게 되면 '나'를 잃기가 너무도 쉬워진다. 혼자일 경우 자기를 지키는 것은 선(善)이며 미(美)이지만, 집단 속에서 '나'를 잃지 않는 것은 이단(異端)이란 소리를 듣는다. 그러나 그것은 바른 게 아니다. 혼자일 경우에 중요한 것은, 집단에 속한 개인이 되어서도 중요하다. 사람들 속의 나

인간은 어떤 상황이 되어도 만족하지 못하고, 어떻게 해도 상대에게 완전한 만족을 줄 수 없다는 게 원칙이다. 따라서 우리가 최선을 다했다고 생각하는 것은 그저 우리의 생각이고, 다른 사람들이 보기에는 최대한 잘 돼서 전보다 조금 나아졌을 따름이다. 남들처럼 결혼하지 않습니다

부모는 자식에게 있어 땅이다. 자라나는 데 직접적인 원인은 아니지만, 좋게든 나쁘게든 깊은 영향을 끼친다. 나중엔 들이 되든 진정한 친구 사이가 서로의 좋은 점이 아니라 단점을 사랑하는 사이인 것처럼, 자식들도 어머니의 바람직하지 못한 부분을 상당히 사랑해주는 존재들이다. 영원 앞의 한순간

부부 또는 부모 자식만큼 상대에게 확실한 가해자가 될 수 있는 사이는 없다. 살인범이나 유괴범과는 달리, 부부나 부모 자식은 상대를 늘 사랑한다고 착각한다. 그러나 그것은 거짓이다. 부부나 부모 자식은 '애정'이라는 미명하에 풀솜으로 목을 조르는 (일본 속담으로 부드러운 말 또는 행동으로 차츰차츰 상대의 목을 조인다는 의미 : 옮긴이주), 그런 잔혹한 짓을 아무런 죄의식 없이 할 수 있다. 신의 더럽혀진 손

책임은 타인이 내게 느끼라고 강요할 수 있는 것이 아니다. 느끼지 않는 것을 비난해서 회개하도록 할 수도 없다. 어떤 식으로 책임감을 느꼈는지 밝히게 할 권리도 타인에게는 없다. 어느 신화의 풍경 사랑의 정의를 나는 이런 식으로 생각한다.

사랑은, 그 사람을 위해 죽을 수 있는가의 여부이

다. 나중엔 둘이 되든

사랑이란 객관적인 진실이 아니라 우리가 얼마
만큼 상대를 오해할 수 있는가 하는 것이다. 어쩌면
사람을 보는 눈이 없다고도 할 수 있지만, 다른 한편
으로 생각하면 그만큼 상대를 과대 평가할 수 있다
는 것은 하나의 재능이다. 나중엔 들이 되든

수도원에서도 즐거운 일이 있을 때 그 즐거움을 공유하면서 연대감을 갖는 경우가 있다. 그러나 그것은 주가 말씀하신 아가페적 사랑은 아니다. 그것은 기회주의나 본능에 결부된 호의에 불과하다. 우리들의 세상에는 사랑이 없다고 수녀에게 말하면 그녀들은 이구동성으로 반대할 것이다. "그렇지 않습니다." "우리들은 모두에게 호의를 갖고 있습니다." "모두의 행복을 위해 기도하고 있습니다." 하고 말할 것이다. 그러나 거기서 말한 '모두'란 누구를 칭하는 것인가? 그것은 멀리 있어서 별 상관없는 사람들을 칭하는 것이다. 가까이 있어, 그 언동을 하나하나 감지할 수 있는 사람들에 대해서는 결코 진심으로 사랑하지 않는다. 그리고 자기 주변 사람을 사랑할 수 없는데 어떻게 눈에도 보이지 않는 신을 사랑할 수 있을까? 만약 멀리 있는 신은 멀리 있는 사람처럼 직접 해를 끼치지 않는 존재이기 때문에 사랑할 수 있다는 말이라면, 그것은 사랑이 아니다. 부재의 방돈으로 해결볼 정도의 일이라면 해결할 수 있는 돈만 있으면 된다. 그러나 돈의 힘으로 진정한 신뢰와 존경과 소중한 마음을 살 수는 없다. 돈도 없고 건강조차 따라주지 않을 때라도 사랑받을 수 있는 것. 그것이 남녀 공히 최고의 모습이라고 생각한다.

남들처럼 결혼하지 않습니다

'진심으로' 라는 말이 있는데, 그 표현은 언제 들어도 석연찮다. 우선, 진심으로 우러나서 사랑할 수 있다면, 사랑의 행위는 배 고플 때 밥을 먹는 것과 같은 정도의 원시적인 것 아닌가. 진정한 사랑이란 것이 그런 단순한 것이어서는 곤란하다. 분열하고 심사가 뒤틀리고 흙투성이가 돼서 "이것이 사랑입니다" 하고 남들 앞에서 얼굴을 쳐들고 말할 수 없는 상태에 처해도 여전히 좋은 결과를 희망하는 것이어야 한다고 생각한다.

다시 말해서 우리들에게 위험한 것은 사랑에 배신당하는 것이 아니라, 사랑을 과신하다 배신당한 결과에 절망하는 나약한 정신일지도 모른다. 나중엔 둘이 되든

불 같은 사랑이 꺼졌을 때 그것을 대신해 가늘고
긴 생명을 갖는 것이 용서이다. 그러한 용서를 사랑
이라 부르는 것이다. 　나중엔 둘이 되든

솔직히 말해서, 한평생은 어찌 살아도 괜찮은 것이다. 그러나 거기에 그 사람의 생애를 걸고 선택한 '한 사람'에 대한 자신의 행동만큼은 일관성이 있어야만 한다. 남들처럼 결혼하지 않습니다

이 세상에는 남자든 여자든, 남들 앞에 자랑스레 내보일 만한 상대를 두 눈 부릅뜨고 찾는 경우가 꽤 많다. 본인이 어떤 성격의 사람인가 하는 것은 둘째 문제다. 집안, 출신 학교, 근무하는 곳, 때로는 키, 혹은 외국으로 가지 않을 사람(또는 외국 생활을 하는 사람) 등의 조건을 붙여 거기에 해당하지 않는 사람과는 선도 안 본다는 경우를 자주 봤다. 이것은 인간이라는 존재가 말로 다 설명할 수 없는 복잡한 이유로 서로에게 끌릴 가능성에 대해 애초부터 아예 싹을 잘라내는 행위이다. 남들처럼 결혼하지 않습니다 사실 미움 없는 사랑도 없고, 사랑이라고 바꿔 말할 수 있는, 관심을 동반하지 않는 미움도 없다. 대지를 적시는 것

미움이라는 것은, 관심을 가질 수밖에 없는 사이에서만 생기는 것이다. 테니스코트

사랑만큼 변질되기 쉬운 것도 없다. 사랑은 그냥 내버려두면 곧 썩는다. 사랑도 모든 상황이 원만할 때는 한층 더 빨리 부패가 진행된다. 이 슬픔의 세상에

결혼을 한다는 것은 상대의 모든 것을 온전히 다 받아들이는 것이다. 어느 처녀가 무척이나 매력적이어서 그 여자와 성관계를 갖고 싶다는 생각이 들 때, 청년은 그 여자와 결혼을 함으로써 그 여자의 모든 것을 받아들이게 된다. 머리가 좋든 나쁘든, 심성이 곱든 사납든 말이다. 한밤중에 코를 곤다든가, 치약 뚜껑을 매번 닫지 않고 놔둔다든가, 남의 뒷얘기 하기를 좋아한다든가, 텔레비전 드라마에서 묘하게 추파를 던지는 배우에게 정신이 팔린다든가, 그러한 모든 것들을 경품이라 생각하고 받아들여야만 한다. 남들처럼 결혼하지 않습니다

돈으로 모든 것을 해결할 수 없다는 사실 또한 잘 알고 있다. 결혼 생활을 성공적으로 꾸려나가는 데 있어 결정적 조건이 결코 돈은 아니지만 파경을 초래하는 원인이 될 수는 있다. 아니 좀더 정확히 말하면 돈의 씀씀이만큼 인간의 마음을 나타내주는 것도 없으므로, 돈 때문에 부부 관계가 깨지고 남남이 되거나 서로 증오하는 사이까지 되는 경우도 적지 않다. 남들처럼 결혼하지 않습니다

성행위 시 절정의 순간처럼 자기 만족과 상대의 만족을 위해 행하는 것 이 두 가지를, 생활 전반에 있어서도 행하려 하는 부부는 실제로 극히 드물지 않나 생각한다. 남들처럼 결혼하지 않습니다 결혼을 하든 안 하든 그것은 전적으로 개인의 자유이므로 누구나 거기에 책임감을 갖고 둘 중 어느 한 길을 선택해야 한다. 자유로운 남녀 관계, 성적인 모험을 하고 싶다면, 일부일처제 같은 구닥다리 제도에 휘말리지 말아야 한다. 그러면 그 사람은 우리들처럼 보통 사람들의 부러움 속에서 평생 동안 러브 헌팅을 하며 살 수 있다. 결혼이 실패였다고 생각하는 경우도 있을 것이다. 나는 가톨릭 신자로 이혼을 인정하지 않는 신앙 세계에 있지만, 사이가 안 좋은 부부의 결혼 생활을 보면 적어도 별거하는 것이 낫다고 생각한다. 교회도 요즘에는 상황에 따라서 이혼을 허용하고 있다. 그릇된 상대를 선택한 실패를 청산하고 난 다음 애정 상대를 발견해야 마땅할 것이다. 남들처럼 결혼하지 않습니다

매일매일 즐거운 하루를 보낸다는 것은 멋진 일이다. 특히 결혼한 사람이 하루하루 사는 게 즐겁다고 한다면, 그것은 분명 배우자의 공(功)이다. 나는 여자의 입장에서, 아내나 남편을 행복하게 해주지 못하면서 사회적인 공적을 쌓은들 무슨 의미가 있을까 하고 생각할 때가 있다.

가정을 지키고자 한다면 비밀이 없어야 한다. 그것이 평범한 결혼 생활의 처음이자 마지막 성실이라고 생각한다. 왜냐하면 평범한 사람은 비밀을 갖지 않을 때 비로소 평온하게 지낼 수 있기 때문이다. 남들처럼 결혼하지 않습니다 우리 집에는 소설가의 집다운 비상식적인 부분이 있는데, 일이 잘 되면 잘 되는 대로 괜찮지만, 안 좋으면 또 안 좋은 대로 그 나름의 의미가 있다는 이론이 지배하고 있다. 남들처럼 결혼하지 않습니다 어떤 의미에서 결혼 생활의 형태는 다른 집과 비교할 여지가 없다. 왜냐하면 우리들은 다른 집의 참모습을 알 수가 없고 부부 사이의 안정된 관계는 당사자 두 사람만이 만드는 것이어서 상식이나 비교는 무의미하기 때문이다. 남들처럼 결혼하지 않습니다

함께 사는 사람의 희망을 들어주려고 하는 것은 참으로 자연스러운 감정이며, 그런 마음이 없다면 가족을 구성하는 의미가 없다. 그 이유는 첫째 가정에서 그리 해주지 못하면 아무도 그렇게 배려해줄 사람이 없고, 둘째 부부라는 것은 애초에 그 출발점부터 '타인이 타인이 아니도록' 하는 불합리한 관계이므로 상대가 원하는 것이 예를 들어 '살인'이라든가 '도둑질' 같은 것이 아닌 한 맹목적으로 들어주어도 된다. 아니 법률에서조차 부부, 부모는 그 사람이 범인이라는 것을 안다 해도 배우자나 자식을 은닉하는 행위를 인정하고 있다. 그만큼 맹목적인, 도리에 맞지 않는 동조까지도 승인한다는 말이다. 따라서 상대가 바라는 바를 들어줄 마음이 없는 부부는, 본질적으로 부부가 아니라는 생각을 난 지울 수가 없다. 남들처럼 결혼하지 않습니다

나는 부부 관계를 유지하기 힘들게 하는 요인으로 지나친 음주, 성실하지 못한 태도(외도를 포함), 허세, 타인에게 해를 가하는 일(성격 이상, 범죄 행위로 인해), 그리고 이해심 결여 이렇게 다섯 가지를 꼽는데, 이 가운데 부부가 서로 의견이 일치하면 지나친 음주와 허세는 그리 큰 문제가 되지는 않는다고 생각한다. 성실하지 못한 사람은 비굴한 태도를 취하며 곧잘 사과하는 경향이 있어 나름대로 귀여운 구석도 있다. 그러나 나머지 두 가지는 타협할 여지가 없다는 느낌이 든다.

　　그 가운데 이해심이 없는 남편은 가정을 암울하게 만드는 첫 번째 원인이 된다. 남들처럼 결혼하지 않습니다 우리는 때때로 멀리 떨어져 살 필요가 있다. 그것은 여러 가지 이유 때문인데, 개중 하나는 자기 자신을 발견하기 위함이고, 또 하나는 가까운 사람들에 대한 소중함을 깨닫기 위함이다. 가까이 있으면서 진정으로 그리워하고 깊이 생각한다는 것은 어쩌면 불가능할지도 모른다. 이 슬픔의 세상에

인간은 자기가 미처 생각지도 못한 면을 다른 이
로부터 지적받고, 거기서 자신의 모습을 발견한다.
남남으로 출발해 길고도 깊은 관계를 갖게 된 부부
의 경우는 더 그렇다. 자신이 알지 못했던 부분을
상대에 의해 깨닫게 되고, 나아가 그것이 성장이 될
지 마이너스가 될지는 모르지만, 능력이나 성격까
지도 변화시키는 경우가 있다. 이것은 극단적인 비
유이나, 나는 만약 내가 좋아서 결혼한 상대가 알
고 보니 소매치기였다고 하면 남편이 가르쳐주는
대로 그와 한마음이 되어 능숙한 부부 절도단이 되
고자 노력하지 않을까 싶은 생각이 든다. 물론 남편
에게 충고를 해서 소매치기에서 손을 떼게 하는 방
법도 있다. 사회적으로는 그러는 편이 주변에 피해
를 입히지도 않겠고 도리이겠지만, 부부의 완성이
라는 관점에서 본다면 아내도 남편과 마찬가지로
능숙한 소매치기가 되도록 노력하는 모습이 훨씬
더 좋다고 생각한다.　남들처럼 결혼하지 않습니다

내 어머니는 1983년 2월 19에 돌아가셨는데, 어머니가 근 십년 동안 거의 환자처럼 지내고 계셨을 당시, 친구 한 명이 내게 어머니를 대하는 것이 잘못됐다며 지적한 적이 있다. 물론 나는 어머니에게 최선을 다해 효도했다고는 한 번도 생각한 적이 없다. 다만 나는 어머니와 함께 집에 있었다.

어머니를 극진히 모시는 것과는 거리가 멀지만, 그 정도로 나는 용서받고 싶었다. 우리 부부는 어머니를 경제적으로 책임지고 어머니가 더 이상 거동할 수 없게 될 때까지 한 식탁에서 식사를 하려고 애썼다. 남편이 어느 날 "우리 부부는 단 한 번도 둘이서 산 적이 없다"고 말한 적도 있는데, 여행 갔을 때를 제외하곤 우리들은 그것을 당연한 운명으로 받아들이고 의심한 적이 없다.

그 친구는 내가 좀더 어머니가 원하는 것을 들어주어야 한다고 비판했지만, 그때 내 마음속에 든 생각은 '그렇다면 네가 나를 대신해서 어머니를 돌봐드리면 어떻겠냐'는 것이었다. 어머니는 내가 좀더 일을 줄이고 당신과 놀아주기를 원했다. 그러나 적당히 일을 줄인다는 것은 말이 쉽지 실제로는 어려운 일이었다. 어머니와 나 이외에 우리 집의 본질을 진정으로 이해하는 이는 없었다. 그것을 우리 부부가 얼마나 적당히 받아넘기며, 어찌됐든 동거하고 있는 세 노인들(친정 엄마, 시부모님과 한집에 살았다)을 위해 우리 두 사람이 망가지지 않는 것이 (최상이 아니라) 최소한의 의무라는 점을 남들이 알아줄 리도 없었다.

나는 아무튼 단 한 번도 어머니를 나 몰라라 내버려둔 적은 없지만, 그것은 우리들 부부 사이에서 그것이 공동 프로젝트였기 때문일 것이다. 다시 말해서 부부는 어디까지나 부부로서 존재하고, 그 부부가 생명을 준 은인인 각자의 부모들을 혼자 지내게 하는 일은 없도록 하자는 것에 어떠한 망설임이 없었기 때문이다. 남들처럼 결혼하지 않습니다

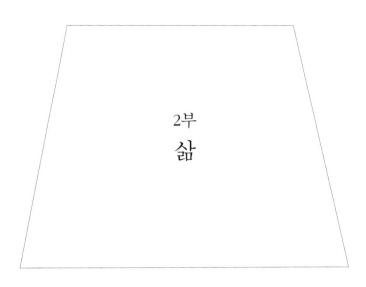

2부

삶

삶

남으로부터 받는 입장에 있는 사람은 결코 만족하는 일도 없을 뿐만 아니라 행복해질 수 없다. 인간은 환자든 어린아이든 노인이든 남에게 뭔가를 베푸는 입장이 되었을 때 비로소 충만할 수 있다. 노인의 불행은 상대가 날 위해 '해주지 않는다' 또는 상대가 해주는 것이 '모자라다'고 생각하는 데서 비롯된다. 노인만이 아니다. 이 세상에 널리 퍼져 있는 불행의 대부분은 이러한 사고방식에서 싹튼 것이다.　절망에서부터의 출발

병이나 고통이 인간을 부드럽고 여유롭게 하는 경우가 곧잘 있는데, 그것은 그때까지 자신감에 가득 찼던 사람도 믿기 어려울 만큼 겸허해지기 때문이다. 겸허함이라는 것은 건강과 원만한 환경이 주어졌을 때에는 좀처럼 몸에 배기 어려운 '향기' 이다. 새벽녘 신문 향기

나는 앞이 잘 안 보이기 시작했을 때, 앞을 못 보고 사느니 차라리 죽는 게 낫다고 생각했다. 왜냐하면 죽는 순간부터 나는 볼 수 있게 되기 때문이다. 그러나 그것은 내가 암에 걸린 적이 없기 때문일 것이다. 앞이 보여도 살아 있지 않으면 무슨 좋은 일이 있겠냐고, 말기 암 환자는 말할 것이다. 사람은 저마다 자기가 가장 괴로운 법이다. 그렇다면 신이 주신 이 고통이 내게 가장 잘 어울리는 것이라고 받아들이는 수밖에 없다. 나는 분명 반항하겠지만. 길 떠나는 아침에 인간은 슬픔 속에서 진정한 만남을 경험한다고 나는 생각한다. 인간이 신과 조우하는 것도 많은 경우 그럴 때이다. 왜냐하면 슬픔 속에서야말로 인간은 본성과 마주하기 때문이다. 따라서 우리들은 어쩌면, 슬픔과 외로움의 극한까지 추락해보아야만 할지도 모른다. 성 바오로와의 만남

무슨 일이 어찌 일어나든 우리들이 원치 않는 시련이 우리를 강하게 만든다는 것은 진실이다. 성 바오로와의 만남

주체성은 미온적인 환경에서는 완성되지 않는
다. 타인과 격렬하게 충돌하고, 외풍에 끊임없이 자
신을 갈고 닦으며, 때로는 그 주체성을 위해 생명의
위험까지 감수해야 한다. 또한 사회가 이렇게나 불
법이 횡행하는 곳이었는지를 깨닫고 암담한 현실을
체험하면서 자신의 의견이나 생각이 가까운 사람들
에게조차 이해받지 못할 경우도 많다는 가혹함과
고독을 견디고서야 비로소 완성되는 것이다. 마침내
나인 날들

풍요로움은 때때로 인간의 마음을 어지럽히는 경우가 있어 위험하지만, 가난은 인간다운 마음을 잃지 않도록 하기 위한 신의 신물이다. 왜냐하면 풍요로움 속에서 성장하려면 엄격한 자율 정신이 필요한데, 가난 속에서는 예외 없이 인간의 마음에 배려와 인내와 겸허가 자란다. 물론 난폭함이나 막무가내 행동, 도덕적인 감각의 결여도 초래하기는 하지만 말이다. 시간이 멈춘 아기

고통 중에 감사하기란 쉬운 일이 아니다. 그러나 감사야말로 인간에게 남겨진 최후의 고귀한 임무이다. 그리고 고통에 처해 있더라도 감사할 일이 하나도 없는 인생은 없다. 누구의 힘으로 내가 지금까지 살아왔는가를 생각하면 누군가에게 무언가를 감사할 수 있을 거라 생각한다.　나는 이렇게 나이들고 싶다(계로록)

이 바다의 엄숙함과 아름다움을 보기 위해 다른 것은 희생해야 한다. 쓸쓸함이라든가, 불편이라든 가, 세찬 바람이라든가 하는 것들을. 신의 더럽혀진 손

걱정이라든가 공포라는 것은 인간이 불필요한 것을 많이 소유하고 있을 때 생기는 감정이라는 걸 알았다. 시간이 멈춘 아기

남들한테는 어렵지 않게 주어지는데 나한테는 어째서 주어지지 않는가 싶은 상황이나 물건이 이 세상에는 분명 존재한다. 이런 불평등이나 모순을 납득할 수 있는 사람만이 진정으로 성숙한 생애를 보낼 수 있는 것이다. 하지만 어른이 되면 그렇게 자연히 풍겨야 할 분위기를 내 주위에서 느꼈던 적은 그다지 없었다. 한 장의 사진

소유하는 것, 득을 보는 일에만 정신이 팔려 있지, 남을 위해 주거나 기꺼이 손해를 감수할 수 있는 자는 적다. 만약 우리가 대단치 않더라도 인간으로서 영광에 가득 찬 일생을 보내려 한다면, 그것은 받는 게 아니라 주는 마음을, 득을 보는 게 아니라 기꺼이 손해를 감수하는 강인함을 갖게 해달라고 희구해야 한다. 사람들 속의 나

인간과 동물은 정신 작용에 있어서, 본질적인 경계선이 분명히 있기 때문에 동물이 성취할 수 없는 것을 인간은 할 수 있다. 그것은 '영혼의 생을 사는 것'이다. 그것은 '다른 이를 위해 죽을 수 있는 것'이라 바꿔 말할 수 있다. 좀더 완곡하게 표현하면 '타인을 위해 애정을 갖고 기꺼이 손해보는 입장으로 물러나는 것'을 말한다. 사람들 속의 나

관심이 완전히 과거로만 향하고, 앞으로 무슨 일
을 해야 한다는 계획과 의무도 없이 그저 받기만 할
뿐, 무엇 하나 베푸는 대상이 없는데다 안전하고 쾌
적한 상태까지 부가받을 때, 인간은 아마도 충만함
과는 정반대의 심리 상태가 될 것이다.　영원 앞의 순간

나는 수도사에게 이렇게 가혹한 상황하에서 인간의 추한 면이 드러나는 경우는 없었냐고 물었다. 그랬더니 수도사는 나의 질문에 정 반대되는 듯한 표정을 지어 보였다. "그들은 괴로움은 신의 섭리이며 그것을 인내함으로써 인간으로서의 정체성이 성립된다는 것을 확실히 느꼈다"고 했다. 그들은 전쟁이라는 무시무시한 정열의 피해자가 된 상황하에서도 삶의 의미를 발견했다.

이 이상 심리적으로 정확한 구원은 다시 없을 것이다. 고통이 있으면 있을수록 그것을 성모에게 바치고 기쁨으로 바꾸려 한 것이다. 기적

불운을 인정하는 일과 단념을 받아들이는 일은 한 인간이 완성되어가는 데 있어 불가피하다. 불운을 인정하지 않는 사람은 자기 인생을 진정 손에 넣을 수 없고, 단념을 받아들이지 않는 사람은 인생을 완결지을 수 없다. 마침내 나인 날들 단념에 관해 알게 된 몇 가지 중 하나는 어느 틈엔가 현대 사회에서 이 개념이 반사회적이라는 꼬리표를 달고 있다는 점이다. 반사회적인 것으로 인식되었기 때문에 어른들은 자연히 자식들에게나 젊은이들에게 단념하는 것을 가르치지 않게 됐다. 좀 더 쉽게 말하면 현대 사회에서는 자신의 능력으로 해결할 수 없는 일이나 상황을 만났을 때에도 단념하지 않는 것이 바른 길이라고 생각하는 게 유행이 되었다. '임무 완수' 야말로 현대인이 사는 길이며 중도에서 포기하는 것은 패배를 의미한다는 것이다. 그러나 나는 이런 생각이야말로 약한 인간을 만드는 원천이라고 생각한다. 단념해야 할 것이 있다는 것에 익숙치 않기 때문에 아이들은 자살을 하는 것이다. 나는 고양이요 인간의 마음이라는 것은 이상주의자가 생각하는 것 이상으로 분열되어 있고, 비겁하면서도 위대한 면 또한 갖고 있다. 금지된 것을 하고 싶어하는 욕망은 이 세상에서 사라지지 않는다. 인간에게 어떤 행동을 시키고자 하면, 그 일을 금지하면 될 정도이다. 남들처럼 결혼하지 않습니다

나는 늘 제로(0)에서부터 출발한다. 제로에서 보면 실오라기 같은 구원도, 없는 것보다는 훨씬 낫다. 그리 생각하는 나의 인생은 '덧셈의 행복'이고, 늘 자신의 불운을 한탄하며 사는 사람에게 인생은 '뺄셈의 불행'이라고 나는 생각한다. 어느 쪽이 좋고 나쁘다는 말은 아니다. 다만 나와 같은 계산법을 사용하면 평생 단 한 번도 좋은 일이 없었다고 말하는 사람은 나오지 않을 것이다. 나는 이렇게 나이들고 싶다

(계로록)

단념은 결코 비인간적인 것이 아니다. 인간으로 하여금 단념을 패배라고 생각하게끔 하는 사고방식이야말로 오만이다. 인간은 눈에 보이는 별의 수만큼이나 단념을 하다가 우주에 존재하는 별의 수만큼이나 죽어갔다. 그 단념의 퇴적을 인식할 때, 인간은 영원한 시간의 흐름 속에 한 점이 되어버리는 것이다. 나는 고양이요

월요일 아침에 자리에서 일어나기가 힘들 정도로 일요일에 인터넷 게임 등을 하면 안 된다. 아니, 인터넷 게임을 너무 즐기면 월요일 근무가 힘들어진다는 것을 각오해야 한다. 졸음을 참는 것이 싫으면 일요일 인터넷 게임을 중단하는 수밖에 없다. 별것 아닌 일이라 치부하며 그냥 그대로 가다간 금세 결과로 나타나지는 않을지 몰라도 야금야금 업무의 질을 떨어트릴 것이다. 그러나 '그 정도쯤이야' 하는 생각은 거대한 성을 둘러싼 돌담의 돌 하나를 뽑는 것과 같다. 그날 당장은 아무 일이 없을지라도 차차 무너지든가, 큰 비에 왕창 무너져내릴 수도 있다. 자신에게 엄격하면 반드시 어느 정도 성공하게 마련인데 굳이 성공하고 싶지 않으면 자신에게 관대해지면 된다.

운이 없어서 일이 제대로 풀리지 않는다는 사람이 있다. 하지만 나는, 운이 반드시 큰 부분을 차지한다고는 생각하지 않는다. 운보다도 차츰차츰 쌓아나가는 편이 그 사람에게 분명 크게 작용한다. 그렇다고 "성공하지 못한 인생은 쓸모없다"는 말이 반드시 진리는 아니다. 왠지 모르게 하는 일마다 제대로 풀리지 않는 사람들 중에는 꿈을 쫓는 사람들이 많다. 그들은 실제로 자신의 뜻을 이루지 못한다 해도 그 과정에서 정말로 일이 잘 된 것과 같은 커다란 야망이나 즐거운 꿈을 이미 꾼 것이다. 사람들 속의 나

"부부가 너무 금슬이 좋은 것도 다시 생각해볼 일이야. 사이가 나쁜 부부의 경우는 말이지, 어느 한쪽이 먼저 죽으면 솔직히 말해서, 만세삼창 부를 일이지. 속 썩이던 남편이 죽으면 그건 확실히 아내를 편하게 만들잖아. 큰 부주하는 셈 아니냐고. 또 마누라 다루기에 애먹는 남자도 마찬가지고 말이야. 집사람 장례를 치룰 때 저도 몰래 슬그머니 입이 벌어지더라는 남자도 봤는데 뭐. 그런데, 금슬이 좋았던 부부는 옆에서 보기에도 딱하단 말씀이야. 상실감이 심하니까 말이야. 참네, 그리 생각하면 인생, 어느 쪽으로 굴러가든 다 마찬가지 아닌가."

"사이가 좋든 사이가 안 좋든 평생 마음 편할 수만은 없구만."

"아, 잠깐만. 나는 좀 달리 생각하네. 그러니까 이 세상에서 처음부터 끝까지 좋은 일이라곤 하나도 없었다는 사람은 거의 없는 것 같아. 시작이 나쁘면 끝이 좋고, 시작이 좋으면 끝이 나쁘고." 신의 더럽혀진 손이 세상에는 결코 똑같은 인생이란 없다. 그것이 좋은 것이든 나쁜 것이든 받아들이는 수밖에 없다. 다만 아무리 나쁘게 보이는 인생일지라도 그것은 신이 당신을 믿고, 감당할 수 있다는 믿음에서 당신에게 특별히 선사하신 것이다. 이 슬픔의 세상에

미완을 미완이 아니도록 하면 또 다른 미완이 생긴다. 인간의 일생도 바로 이 미완의 상태를 살아가는 것이다. 하지만 사람들은 대부분 자신이 그 미완의 상태를 받아들여야 하는 경우에 처하면 부당하다고 소리치게 마련이다. 우리들 주변에는 온통 그런 수준의 사람들만 있을 것이다. 대지를 적시는 것

‘이것으로 됐다’고 할 수 있는 것은 없다. 이 말은 얼핏 잔인하게 들릴 수도 있지만, 인생은 어느 한 순간을 똑 떼어내어 보더라도 예외 없이 미완성이며, ‘이것으로 완벽해졌다’고 할 수 있는 것은 없다. 따라서 모든 이에게 칭찬받는 성격도, 완전성을 주창하는 전체주의 정치도 전부 다 거짓이다. 그렇다고 해서 보다 좋은 것을 추구할 필요가 없다는 말은 아니다. 영원히 완전에 도달할 수 없는 전쟁을 치루는 것이야말로 진정 용기 있는 자의 투쟁이다. 사람들 속의 나

인생에 '완벽'이란 없다.

아무리 평범해 보이는 인간의 일생도 그것을 꿰뚫어볼 수 있는 눈만 있다면 모두 위대하다는 걸 깨달을 수 있다. 나는 이렇게 나이들고 싶다(계로록)

무엇보다 중요한 것은, 신 앞에서 인간의 무력감을 절실히 깨닫는 것이다. 하지만 신기하게도 이 무력감에 대한 인식은, 인간을 절망하게도 자포자기하게도 심리적으로 완전히 삶의 끈을 놓게도 하지 않는다. 이 세상에는 자신에게 절망하여 삶을 포기하는 사람이 있는데, 그것은 자기만 능력이 없다고 생각하고 남들도 정도의 차이는 있을지언정 비슷한 고민을 하고 있다는 사실을 미처 생각하지 못한 사람들이다. 오히려 이 만인 공통의 무력감이야말로 인간을 해방시키는 것이다. 이것은 믿기 어려운 말이지만, 사실이다.　나를 바꾼 성서의 말

인간은 근본적으로 맹목적인 존재이며, 어리석고 약한 존재라는 인식을 먼저 갖지 않으면 거기서 빠져나오지 못한다. 이 말은 멋진 역설이다. 왜냐하면 만약 인간이 본래 현명하고 바르며 도리에 맞게 행동하고 게다가 강한 존재라고 한다면, 그것은 현세의 각종 피조물들과 일일이 충돌하여 아무것도 설명할 수 없게 된다. 어리석음에 대한 인식은 신앙의 세계에서는 비참한 것도 뭣도 아니다. 그것은 훨씬 밝은 미래를 연상케 하는 출발점이고 좀더 간단히 말하면 '신 앞의 쾌감'이라고도 부를 만한 것이다. 그리고 이 인식은 신의 존재 없이는 불가능하다. 왜냐하면 누구에게나 가능한 쉬운 인식 방법은 '비교'라는 형태이기 때문이다. 성 바오로와의 만남이 세상에는 자명한 이치로 여겨져왔던 것 가운데 의외로 철저하지 않은 것들이 많다. 성행위란 그 순간부터 부모가 될 가능성을 내포하고 있다는 것을 인식하지 못하는 젊은이들도 꽤 있고, 부모에게 위협을 가하면 자기가 원하는 바를 이룰 수 있다고 믿는 인내심 없는 응석받이 아이들도 꽤 있다. 그런 철부지들은 자살의 분위기를 풍기면 부모가 지레 겁을 먹고 자기 요구를 들어준다는 것은 알고 있어도, 만에 하나 그러한 일종의 자기 주장과 구애 행위가 그냥 그대로 수행되면, 죽는 것은 결국 자신이라는 것을 인식하지 못하고 있는지도 모른다. 상습적으로 자살을 시도하는 사람들에게 본인이 죽는다는 것을 깨닫지 못하고 있는 게 아니냐고 하면, 자존심이 상해 화를 낼지도 모르지만, 그들은 백이면 백 속으로 죽음을 긍정하고 있지 않다. 신의 더럽혀진 손 자신의 능력에 절망하는 사람은 당신만이 아니다.

많든 적든 누구나 자신의 약점을 안고 산다.

강자도 약자도….

나는 소심한 사람이라 잘 아는데, 과감하게 꼴사나운 짓을 할 수 있는 것도, 하나의 정직하고 멋진 재능이다. **나를 바꾼 성서의 말**

남녀 공히 인간에게는 무서워할 만한 것들이 무
진장 존재한다. 강자라고 부를 만한 사람은 아마도
무서움을 느끼지 않는 사람이 아니라 무서움에 견
딜 수 있는 사람을 의미할 것이다. 나중엔 들이 되든

개인도 마찬가지다. 한 사람 속에 위대한 부분과 비겁한 부분, 선함과 둔감함이 공존하는 게 보통이다. 그런데 약자는 상대 안에서 좋은 부분과 나쁜 부분을 동시에 발견하기를 두려워한다. 나중엔 들이 되든

바르다고 생각한 것을 위해 결코 남에게 양보하지 않고 그것을 위해 남몰래 싸우다 죽을 수 있는 사람은, 진정한 강자이다. 자기와 반대 입장을 취하는 사람을 용서하지 못하는 것이 약자이다. 나중엔 들이 되든

강한 듯 보여도 폭력적인 사람은 모두 약하다. 그리고 그 약한 성격은 평생 치유되지 않는다. 사실 이야기

건망증, 박정함을 나는 수치스러워하지 않는다. 이런 비열함이야말로 평범한 사람들의 재능이라 할 만한 것이다. 대지를 적시는 것

오늘은 일이 잘 안 되는 것처럼 보여도 내일은 다를지도 모른다. 하지만 우리들은 내일을 알 수 없다. 이것은 잘 짜여진 계략이다. '내일에 희망을 건다'는 말은 어린애 얼르기 내지는 사이비 휴머니스트의 말이라는 느낌도 나는 잘 이해한다. 우리들은 누구나 그런 예감에 속아 일생을 보낸다. 그렇지만 그래도 괜찮지 않은가. 나나 너나 결코 그 이상 미래를 내다보는 눈과 재주가 없는 인간이니까. 행복이라는 이름의 불행

증오의 감정을 품고 적을 괴롭히는 일은 누구나 할 수 있다. 그리하면 적 또한 가슴 속에 증오의 감정을 불러일으키게 되고 결국 나는 포로로 잡은 적을 육체적으로는 죽일 수 있지만, 상대는 결코 패배감 없이 죽어갈 것이다. 이런 경우 얼핏 이 싸움에서 내가 이긴 것처럼 보일지라도 사실은 정반대이다. 오히려 적이 요구하는 것을 묵묵히 제공할 때 그것은 상대를 굴복시키지 않은 것처럼 보이지만, 거꾸로 상대의 마음을 완전히 장악하는 것이다.

　　나는 지금까지 몇 번이나 이 '적'과 비슷한 심리가 된 적이 있다. 나는 나의 유치함을 상대에게 용서받음으로써 스스로 깨달을 수 있었다. 상대가 나의 어리석음을 지적하지 않아 오히려 나 스스로 발견할 수 있었다. 상대가 나를 친절하게 대해주어 나는 그의 잔혹성을 암시받았다. 만약 내가 내 어리숙함을 진작 탐지해내지 않았더라면, 나는 내 안에 분명히 존재하는 추함을 상대에게 들키고, 분통해 죽었을지도 모른다. 그 결과야말로 나를 증오하는 상대의 입장에서 보면 완전한 승리인 것이다.

　　보복이라는 이름의 어리석은 정열을 이 세상에

서 없애지 않는 한, 우리들은 적어도 그 정열의 사용
방법을 알고 나아가 승리하는 방법도 깨우쳐야만
한다. 내 안의 성서

꼴베 신부는 아우슈비츠에서 아무런 저항도, 아무런 말도 없이 죽임을 당했지만 그 침묵은 오히려 현대 사회에 엄숙한 경고가 되었다. 안이한 휴머니즘의 자기 만족에 대한 경고이다. 평화와 생명을 소중히 여기는 행위는 본래, 유사시 자기 생명을 대신 내어준다는 결의를 담보로 해야 하는 것이다. 서명 운동이나 데모 참가 같은 것은 그에 비해 가벼운 자기 만족과 자기 선전에 불과하다는 게 명백해진다. 나중엔 틀이 되든

행복이란 것은 객관적인 상황이 아니라 행복을
받아들이는 사람의 능력에 달린 것이다. 시간이 멈춘
아기

가끔가다 한 번씩 나는 젊은이들로부터 상당히 엄살이 심한 편지를 받는 경우가 있다. 그들은 물론 제 나름대로 불행을 안고 있었지만 공통된 점은 '자신들이 남들보다 더 불행하다'고 주장하는 것이다. 자기는 다른 사람보다 불행하니 당신은 나를 도와주어야 한다고 말한다.

　그들이 안고 있는 진짜 불행은, 육체적으로 불구라든가, 시험에 떨어졌다거나, 좋아하는 남성으로부터 사랑받지 못하는 것이 아니라고 난 생각한다. 그들을 불행하게 만드는 것은, 자신의 불행을 누군가가 위로해주어야 한다, 혹은 해답을 주어야 한다는, 평범한 인간에게 그런 불가능에 가까운 일을 요구해봤자 소용없다는 사실을, 적어도 10대가 끝날 때까지 누구 하나 확실히 가르쳐주는 사람이 곁에 없었다는 점이다. 임시 거처

'불행한 순간 순간이 끊이질 않는다' 라는 말은 다분히 거짓말이다. 아니, 거짓말까지는 아니더라도 그런 순간은 길게 지속되지 않는다. 아우슈비츠에서조차 노래를 부르고 즐거운 시간이 있었다는 기록이 있다. 대지를 적시는 것

우리들은 '불행해지지 않으면 인간이 본래 희구해야 할 것도 바라지 않는다'는 특성을 갖고 있다.

성 바오로와의 만남

진리라는 말은 아주 약간은 위압적인 의미도 내
포한다. 이 말은 진리에 도달하기에 앞서, 우리들은
진실을 알고 인식하는 작업이 필요하다는 의미다.
즉, 자기가 얼마나 어설픈 인간인지 깨닫는 것도 하
나의 진실이며, 이 세상에는 추한 것과 아름다운 것
들이 뒤섞여 있다는 것도 틀림없는 진실이다. 그러
한 것들을 인정하고 나서야 비로소 우리들은 타고
난 본성대로 자유인이 될 수 있다는 말이다. 허세
부리기 좋아하는 사람이라든가 이상주의자에게는,
당연한 말이지만 자유는 없다고 봐야 한다. 나를 바꾼
성서의 말

자유라는 것은 진리 이외에 어떤 것에도 얽매이
지 않아도 되는 것이다. 성 바오로와의 만남

자기를 있는 그대로 남에게 보이지 못하고 이렇게 저렇게 애써 꾸미는 사람은 일생 동안 정신의 자유를 맛본 적이 없는 사람이다. 나를 바꾼 성서의 말

여기에는 아직, 나와 내가 사랑하는 사람의 죽음을 스스로 결정할 자유가 남아 있다. 평생 아무것도 없이 가난하게 살았어도, 이것만큼은 본인의 선택이다. 그러나 환자가 죽으면 유족들이 곧바로 의사를 고소하는 현대 사회에서는 의사들도 자기들의 입장을 보호하기 위해 결코 환자로 하여금 자유롭게 죽음을 선택하도록 내버려두지 않는다. 그것이 바로 현대인들이 갖고 있는, 윤택한 자유라는 것의 보잘것없는 실태이다. 시간이 멈춘 아기

언젠가 어떤 소설가가 쓴 걸 읽은 적이 있는데, 상당히 사실적이라는 것은 전부 치밀한 계산하에 만들어진 거란다. 아무런 계산 없이 그냥 있는 그대로 쓰면 사실적이지 않다니, 정말이지 재밌는 말이다. "계산해서 만들어내지 않으면 사실적이지 않다." 역으로 말하면 이 세상에서 정말로 그럴 듯한 현상이라는 것은 많은 경우 가짜라는 말이다." 원형수조 인간은 알게 되서 만족을 느끼는 것도 사실이지만, 모르고 지냄으로써 빛나는 자유의 맛을 느낄 수도 있다. 도시의 행복

"진실을 적으시오."라고 그가 말했을 때 내 안에서 괴로운 비명 같은 것이 일었다. '진실'이란 무엇인가. 나는 글쟁이로서 그것에 대해 정의 내리기가 불가능한 순간들을 늘 접해왔다. 나는 그때 그 자리에 앉은 사람들을 결코 만족시키지 못할 대답을 했다. 진실은 하나가 아니라고 말했던 것 같다.

진실은 '신'의 눈으로 본 진실이 아닌 한, 그것은 거기에 있는 사람들의 수만큼 조금씩 달라지는 속성이 있다. 그리고 인간은 '신'이 아니므로 누군가의 눈을 신과 같다고 간단히 결정할 수는 없다. 어느

신화의 배경

거짓말이라는 것은 예술이다. 거짓말은 거짓말
이라는 것을 알아도 진실이 남는, 불가사의한 것이
다. 이 슬픔의 세상에

제 몸에 칼끝을 겨눈다는 표현은 사실 무서운 말이다. 실제로 그러한 행위를 하려고 하면 그것은 너무도 두렵고 괴로운 일이라 많은 사람들은 분명 그렇게 할 수 없을 것이다. 나는 적어도 그것을 견딜 수 있을 것 같지 않다. 따라서 그 대신 나는 나와 남을 용서하는 형태로 대충 회피하며 살고 있다. 어느

신화의 배경

참된 평화와 용서는 자기가 상처받지 않고서는 이루어지지 않는다는 것이 특징이다. 평화라는 것이 남은 살고 나는 죽는 일이라고 한다면, 평화를 지지하는 사람들의 생각도 크게 달라질 것이다.

나 자신이 상처받지 않아도 되는 허울 좋은 이야기 따위는, 대부분의 경우 이 세상에서 거의 힘을 갖지 못한다. 시간이 멈춘 아기

상처를 입고난 후, 그 상처를 아무런 후유증 없이 말끔히 치료한 사람은 그 기쁨 때문에라도 상처 입힌 자를 간단히 용서할 수 있을 것이다. 그러나 강도에게 눈을 잃은 사람이 곧바로 상대를 용서할 수가 있을까?

기독교는 그런 상황에서 하나의 타협안을 제시한다. "마음으로 용서하지 않아도 된다. 다만 행동만큼은 용서한 것처럼 하라"는 것이다. 그것은 이기적인 인간의 속성을 꿰뚫어본 이후에 내린 유일한 돌파구일지 모른다. 시간이 멈춘 아기

마음으로는 용서하지 않아도 가능한 한 용서한 것처럼 행동해야 한다. "그런 행동은 거짓된 것 아닙니까?" 하고 내게 물은 사람이 있었다. 나는 그런 것이야말로 이성적인 사랑, 아가페라 생각한다고 답했다. 나같이 이성적인 사랑조차 소유하기 어려운 인간은, 적어도 그와 비슷한 것이라도 최소한의 목표로 삼아야 한다고 생각한다. 나를 바꾼 성서의 말

어떤 이가 마음속으로 자기가 사랑하는 이의 생명을 빼앗은 상대를 용서했다면, 그것은 내가 도저히 실감할 수 없는 일이다. 더구나 그것은 일생이 걸리는 괴로운 길이다. 또한 용서했다고 해서 적십자사에서 표창을 주는 일도 아니다. 그것은 실로 헤아릴 수 없는 용기 있는 자의 길이라고 나는 생각한다. 인생의 어떠한 목적보다도 괴롭고 눈에 띄지 않으며, 그럼에도 불구하고 사랑의 향기로 가득 찬, 숭고한 일이라고 생각한다. 아니, 그런 일이야말로 인간다운 삶의 참된 목적이 될 수 있으리라. 나를 바꾼 성서의 말

자기에게 해를 가한 상대를 용서하는 행위가 빛나는 행동이라는 것은 진실과는 별개이다. 용서가 위대하다고 하면, 그것은 그만큼 하기 힘들기 때문이며 또한 용서했을 때에만 그 사람은 진정 사랑을 자기 것으로 하기 때문이라 생각한다.

공해나 원자 폭탄에 저항하는 일과 용서는 조금도 모순된 것이 아니다. 분노를 부추기는 일만이 사회 정의인 것은 아니다. 공해나 핵무기의 위험에서 사회를 지키기 위해서는 부추겨진 분노만이 아니라 조용한 이성이야말로 중요한 것이다. 나중엔 들이 되든 나는 당연히 나를 인정하기 위해 거부해야만 했다. 그리고 거부한 것을 받아들일 때 나는 무언가를—이라기보다 모든 것을 용서해야만 한다. 나는 용서에 대해 생각하고 글을 쓸 때면 반드시 그러한 심정으로 임했다. 그것에서 벗어날 수 있었던 작품은 없을지도 모른다. 생활, 일, 놀이에 대한 해석은 그것을 즐기지 않는 사람들 입장에서 보면 광기이다. 인생의 가치 판단도 또 다른 판단을 내리는 사람의 눈으로 보면 광기이다. '용서'만이 그것을 잇는 정열이라고 나는 생각했다. 폐쇄, 그리고 탈출

전쟁은 '운명의 별'과 전혀 무관하지 않았다. 그것에 생각이 미친 사람은 누구나 그 사실 앞에서, 삶의 불가해성에 암담함을 느꼈다.

삶에 집착하는 자가 산다는 설도 있다. 총탄을 두려워하는 자가 의외로 죽지 않는다고도 한다. 그러나 그것은 공식이 아니다. 누가 살고 누가 죽었는가를 생각할 때, 거기서는 어떤 필연도 인과 관계도 발견할 수 없다. 노력하면 뜻을 이룰 수 있다는 신념이 얼마나 순진한 것인지 안다. 올바른 자들만이 살아남은 것도 아니다. 삶과 죽음을 놓고서는 문답 자체가 무의미하다. 유능한 군대도, 무능한 군대도 죽었다. 살아남겠다고 결의한 자는 뜻을 이루지 못하고, 어찌되든 될 대로 되라고 몸을 내던진 자가 살아남았다. 길모퉁이를 왼쪽으로 돈 자가 살고 오른쪽으로 돈 자는 죽었다. 이렇게까지 철저히 개성이 무시된 무대는 없었다. 그런 까닭에 전쟁은 불합리하고, 그런 까닭에 인간은 겸허해질 수밖에 없었다. 삶과 죽음은 정녕 한 사람 한 사람이 머리 위에 얹고 태어난, 눈에 보이지 않는 '운명의 별'에 따르는 것이라고 생각할 수밖에 없었다. 제물로 받쳐진 새

아마도 그는 여기서 인간의 죽음을, 그것도 바로 옆에서 싸우던 전우의 죽음을 보았을 것이다. 그리고 자기가 살아남았다는 것에 당혹감을 느꼈을 것이다. 어쩌면 그는 자신이 살아남을 운명이라고 생각했을지도 모른다.

우리들은 지금도 곧잘 그런 종류의 착각을 한다. 대수롭지 않은 우연을, 신이 내린 계시처럼 여기는 경우가 있다. 그러나 그런 것들은 전부가 거짓이다.

대지를 적시는 것

아직 엄마 뱃속에 있는 태아는 선도 악도 행하지 않았으니 인과응보의 관점에서, "착한 일을 했으니 살고 나쁜 짓을 했으니 죽는다"는 말에는 해당하지 않는다. 부모의 업보를 자식이 받는다는 말도 있지만, 그것도 반드시 그렇다고만 할 수 없다. 어느 자식은 많은 이들이 탄생을 고대하고, 또 어느 아이는 그렇지 않다. 모든 행위와 결과의 배후에는 이유가 있게 마련이라고 믿는 인간은, 바로 이 문제 앞에서는 입을 다물어버릴 수밖에 없다. 신의 더럽혀진 손

진리는 이 세상에서 형상을 구체화할 수 있는 것이 아니다. 이 세상에서 답을 찾을 수 있는 것이 아니다. 형상화할 수도 없고, 평가내릴 수도 없기에 우리들은 기를 쓰고 그것에 대해 고뇌하는 것이다. 이것이 바로 신의 모략이다. 임시 거처 그렇다, 인간에게 있어 모든 현상은 가설이다. 인간은 그 가설과 달리 어떻게든 살아갈 수 있다. 이 말은 인간은 그 어떤 것도 될 수 있다는 의미다. 살인자, 사기꾼, 미치광이…. 모든 것이 자신의 미래 모습으로 기다리고 있다. 그런 모습은 자신과는 전혀 상관없다고 생각하는 사람들이 거리에는 떼로 몰려다니고 있지만, 사실 인간의 운명과 가능성은 쭉 뻗은 곧은 길처럼, 자기가 전혀 생각지 못한 방향으로도 뻗어 있다. 원형 수조

인간은 늘 자신이 아직 손에 쥐지 못한 운명에 대해 낙관적인 시선을 보낸다. 어느 신화의 배경 자신의 죽음을 고지받는 일은, 물론 본인의 희망에 따라서지만, 나는 인간 권리의 하나라고 생각한다.

　　죽음을 스스로 납득하고 자신의 지배하에 둘 수 있는 것은 인간만이 지킬 수 있는 존엄이라고 생각해왔다. 하루 하루 임종이 가까워지는데도 지인들의 입막음으로 자신만 모르고 있는 것은, 참으로 처량한 일이라고 나는 생각한다. 물론 죽음을 선고받는 것은 괴로운 일이다. 그러나 아무리 괴롭다 해도 그것은 자신의 운명이므로 자신은 알아야만 한다. 그것을 회피하는 것은 인간의 죽음을 무책임하게 외면하고 짐승의 죽음으로 만드는 일이다. 그 사람의 운명을 본인에게 알리지 않는 행위는 중대한 범죄이다. 시간이 멈춘 아기이 세상에는 건강한 사람과 병든 사람이 모두 존재해야 비로소 제대로 된 것이라는 걸 알 수 있다. 질병과 건강은 한데 합쳐 하나의 인생인 것이고, 그 둘은 결코 대립하지 않으며, 오히려 전체로서의 완성을 위해 서로 떠받쳐주어야 한다고 생각한다. 그리고 모든 사람은 어떠한 샛길도 없이 곧게 뻗은 인생길에 생과 사가 담담하게 이어지는 모습을 보게 된다.　영원 앞의 한 순간

인간에게 죽음은 필요한 것이다. 만약 내가 지금과 같은 감동을 안고 영원히 산다고 하면 나는 분명 심신이 지쳐버릴 것이다. 그리고 인간은 단념을 깨달을 때에야 비로소 평범한 힘으로도 본질로 되돌아올 수 있게 된다. 단념은 향을 갖고 있다. 슬픔이 그 향을 더 강하게 하는 걸까. 늙음도 죽음도 모두 너무나 자연스러워 또 그만큼 당당하고 흔들림이 없다. 그리고 그보다 더 멋진 것은 인생이 '미완'이라는 점이다. 왜냐하면 인간 존재 그 자체가 불완전한 것이므로 미완인 상태로 있다가 무언가를 단념하고 죽음에 이르는 것은 인간의 본성에 잘 부합하기 때문이다. 헤어지는 날까지 우리들이 진정 두려워해야 할 것은 현세가 죽음으로 끝난다는 것이 아니라 오히려 현세에 죽음이란 것이 없을 때 벌어질 상황이다. 죽음의 존재 덕분에 우리들은 누구나, 사는 동안의 신분이 어쨌든, 격상되는 것이다.

만약 인간이 죽지 않는다면 이 세상 모든 멋진 것들은 그 매력이 반감되고 말 것이다. 그리고 이것은 그저 지나가는 이야기지만, 만약 인간이 죽지 않고 영생한다면 그 이상 더 큰 고문은 또 없을 것이다. 죽음이 우리의 숙명인 것에 가슴 깊이 감사해야 한다. 길 떠나는 날 아침에 이른 새벽은 아직 별이 지배하는 시간이다. 이불 속에서 나는 낮과 밤의 교대식을 응시한다. 그리스 신화에서는, 남극해와 북극해로 이미 충분한 목욕과 휴식을 즐긴 헬리오스(태양신)가 '불로 가득한 말', '여명의 말', '불타오르는 말', '불꽃을 튀는 말'이라 불리는 네 마리의 말이 끄는 마차를 타고 달리는 시간이다. 그것은 또한 '닉스(밤)'의 아들들인 '휘프노스(잠)'와 '오네이로스(꿈)'가 내몰리는 시간이기도 하다. 나는 소리 없이 동녘이 달아오르기 시작하는 모습을 지긋이 바라보고 있다. 그것은 작은 별들의 죽음에서 시작된다. 별들은 죽음의 달인이었다. 약한 것부터 소리 없이 사라져갔다. 그것이 운명임을 알고 별들은 아무런 동요 없이 미약한 것부터 사라진다. 인간은 이만큼 완벽하게 소리 없이 사라져갈 수가 있는가. 매일같이 반복되는, 별들의 소리 없는 죽음을 목격하자면 인간의 소란스런 죽음에 쓸쓸한 웃음이 흐른다. 사막, 이 신의 땅

숲속을 산책할 때 낙엽을 밟고 가다보면 이런 생각이 든다. 이 생명 잃은 이파리들이 다시 나무를 살찌우는 양분이 된다는 생각을 하면, 윤회나 전생의 개념을 떠나 죽음이 생을 도와주는 실감나는 유기 작용을 목격하는 것 같아 문득 경이로워진다. 인간도 경우에 따라서 자신이 죽음으로써 산 자를 도와주고 기쁨조차 제공할 수 있다. 최소한 자연의 순리에 따라 죽는 것은 '선의로 가득한 위대함'이라고 나는 새삼 깨닫는다. 영원 앞의 한 순간 우리를 둘러싼 모든 것은 한 순간의 미래도 보장이 없다. 오로지 딱 하나 분명한 것이 있다. 그것은 바로 죽음이다. 감동적일 정도로 신기한 일이지만, 무엇 하나 확실한 것 없는 이 세상에 죽음만은 확실하다. 새벽녘 신문 향기

죽고 싶다고 생각하는 것도 이해할 수 있다. 그러나 죽음은 몇 십 년이든 기다리면 확실히, 내가 보장하건데, 반드시 찾아온다. 그러니 우리들은 최소한 겸허하게, 그때를 기다려야 한다. 사람들 속의 나

나는 종교적인 이유가 아니더라도 자살은 좋지 않다고 생각한다. 인간의 생사와 같은 중대한 일을, 신이 아닌 인간이 결정하는 것은 너무도 오만한 행위이기 때문이다. 또한 불행해서 죽는다고 할 경우, 거기에는 보복의 감정이 내포되어 있다. 게다가 자살은 두 번 다시 상대방과 상종하지 않겠다는 의미다. 화해할 여지조차 남기지 않는 행위이다. 우리가 일생을 살면서 상대로부터 몇 차례 그런 보복을 당하는 것은, 어쩔 도리가 없는 노릇이겠지만 나 자신이 그러한 형태로 상대를 거부하는 일만큼은 하지 말자고, 나는 나 자신에게 타이른다.　길 떠나는 날 아침에 지금 이 순간에도 우리들 주위에는 살고 싶어 갖은 애를 다 써보지만, 기어이 살지 못하고 마는 사람들이 있는데, 스스로 자기 목숨을 끊는다는 것은 굶주린 사람 앞에서 여보란 듯 개에게 빵을 던져주는 행위와 같다. 길 떠나는 날 아침에

사실 나는 매춘도 어떤 경우에는 할 수밖에 없는
일이라 생각한다. 도둑질이든 매춘이든 자살보다는
좋을지도 모른다. 사실 이야기

    세상에는 그를 살리기 위해 여러 명으로 구성된 의사단을 상주시키는 사람도 있다. 인간의 죽음에도 확실히 차별이 있다. 그러나 아무리 중요한 사람이라도 그 사람의 죽음으로 이 세상이 뒤집히는 일은 없다. 그 사람의 사후에도 산과 들에는 새싹이 돋고 색색깔 꽃들이 핀다. 이처럼 세상의 흐름에는 어떠한 변화도 생기지 않는다. 인간의 죽음이란 이리도 미미하단 말인가! 자연은 한 인간의 죽음에 대해 조금도 기억하려 하지 않고, 고통 또한 느끼지 않는다. 나는 고양이요

한겨울 잿빛 구름 사이로 가끔씩 믿을 수 없을 만큼 눈부신 빛이 내리쬐는 경우가 있는 것처럼, 이미 의식이 없는 임종 직전의 환자에게도, 예기치 못한 조용하고 투명한 자각이 마치 신의 은총처럼 주어지는 경우가 있다고 들었다. 한 사람의 일생이 비록 그때까지 아무리 오욕 속에 있었다 하더라도 죽기 직전 아침 이슬처럼 영롱한 그 순간에, 비록 말은 하지 못해도 자기가 걸어온 생을 뒤돌아보고 명료한 결론을 낼 수 있다면, 그 '생'은 누가 알아주든 말든 성공한 것이다. 만약 인위적으로 죽음을 재촉하면 그 무엇과도 바꿀 수 없는 소중한 그 순간을 빼앗게 될지도 모른다. 홍매백매

인간의 죽음은, 신앙이 있는 사람들에게는 그다
지 소란을 떨 필요도 없는 일이다. 이 세상은 비록
몇 십 년을 산다 해도, 영원한 시간 앞의 한 순간에
지나지 않기 때문이다. 이 세상에서 사라진다는 것
은 사람들의 영혼이 비로소 안식할 만한 자리로 돌
아간다는 의미라 할 수 있다. 이 슬픔의 세상에

3부
인간

인간

나는 가끔 생각한다. 인간을 멋지게 하는 것은 무엇일까? 어쩌면 그 사람에게 위기감이 들 때가 아닐까? 죽음의 문턱에 다가선 사람, 위험한 작업에 종사하고자 하는 사람, 득실을 떠나 무언가를 하려는 사람, 어려움을 감내하는 사람…. 이들을 지켜보는 제삼자로서는 뭔가 해주고 싶다는 마음이 든다. 그러나 그 사람들의 운명을 크게 바꿀 만한 어떠한 힘도 내게는 없다고 생각하면 슬픔마저 느끼게 된다.

그 순간, 나는 그 사람들에게 큰 관심을 갖게 된다. 결국 인간의 인간다움, 인간의 정신, 인간의 능력이라는 것을 나타내는 지수란 다름아니라 그 사람이 얼마만큼 자신 이외의 것에 전심을 다하고 있는가이다. 참으로 흥미있는 일이다. 더구나 그것은 자신의 이득을 위해서는 도움이 안 되는 일이다. 나는 이익을 보고 싶다, 나 자신은 어려움을 당하고 싶지 않다, 비난받고 싶지 않다, 이러한 방향으로 움직이는 사람들에게서는 진정한 의미에서의 매력을 찾아볼 수 없다. 그런 일은 먹을 거리나 얻어 먹으려하는 개들도 하는 행동이며, 인간으로서 인간만이할 수 있는 일이 아니다. 남들처럼 결혼하지 않습니다 인간은 한 순간에 나쁜 사람도 교활한 사람도 될 수 있는 존재이며, 이 점에 있어서는 지위 고하를 막론하고 누구라도 예외가 없다. 즉 내가 그 자리에 있었다면, 나 또한 '나쁜 사람'이 한 짓과 똑같은 짓을 저질렀을 거라고 주저없이 말할 수 있다.

만약 착한 사람인지 나쁜 사람인지를 확실히 구분해야만 하는 심리가 되어야 했다면 내 소설은 지금보다 훨씬 엉망이 되었을 것임이 분명하다. 사실 이야기 마음이 따뜻한 사람과 그렇지 않은 사람은 선천적으로 타고나는 것이라 생각한다. 상대를 배려할 줄 안다는 것은, 다시 말해서 타인의 고통을 함께 느낄 줄 안다는 말이다. 그리고 그러한 성향이 늘 타인의 마음을 헤아리는 것과 연결되는 것도 절반은 그 사람이 그러한 일에 흥미를 갖고 있기 때문이지, 교육과 노력의 결과는 아니다. 따라서 마음이 따뜻하지 않은 사람을 우리들은 비난해선 안 되며, 마음 따뜻한 것이 자기 의도인 양 자만할 일도 아니다.

　　그리고 그 어느 쪽이든 행동하기에 따라서 이타적인 것이 될 수도 있고 민폐가 되기도 한다. 남들처럼 결혼하지 않습니다 친절한 사람은 친절이 미덕인지 아닌지, 어쩌면 비겁한 자신을 위한 호신술일지도 모른다고 생각하길 권한다. 나중엔 득이 되든 인간이란 존재는, 존경하기 때문에 상대에게 맹목적이 될 수 있지만, 경멸하기 때문에 상대에게 관대해질 수도 있다. 신의 더럽혀진 손

악은 일부러 알려줄 필요는 없지만, 그 존재를 똑똑히 보도록 해야 한다. 그렇게 하지 않으면 인간은 악을 추하다고 느끼거나 전율하는 것으로 끝나고 말아서, 역으로 철저하고도 강렬하게 선으로 향하는 과정도 맛볼 수 없게 된다.

그리스 신화를 읽으면 '악' 조차도 인간 특성으로서 대범하고 냉정하게 받아들이는 정신의 강인함과 여유로움이 느껴진다. 오히려 그 안에서 인간의 슬픔과 공통된 운명에 대한 동질감도 나온다.

하지만 오늘날 우리들은 절대적인 '악'의 개념이 명확하지 않기 때문에 숭고함도 잘 모른다. 악이란 인간의 역사와 문화의 자산으로 생각해야 마땅하다. 인간이 악에 대한 베테랑이 아니면, 그 사람은 무균실에서 자란 아이와 같은 존재로 도저히 이 세상에서 진솔한 삶을 살 수가 없다.

적어도 나는 가톨릭 신앙으로부터 인간 악에 대해 조금도 외면하는 일 없이 사는 법을 배워, 그 결과 오히려 인간에 대한 깊은 존경을 알게 되었다.

그리스 신화

정의라는 것은 이 세상에는 없으니, 그것은 그저 영원한 동경이다. 누군가 "만약 희망 사항이 모두 그대로 현실이 된다면 인간은 구원할 길 없는 상태가 될 것"이라고 말한 것처럼, 완수해내지 못한 일, 불완전한 구석이 있기 때문에, 오히려 인간은 살아갈 수 있는 것이다. 대지를 적시는 것

인간은 자기가 선인이라고 생각했을 때 상태가
안 좋아진다. 나중엔 틀이 되든

일본인에게는 예로부터 죽은 사람은 부처가 되었으니 비난하지 않는다는 태도가 있다. 가족이 가슴 아파하는 것은 별개이다. 죽은 육친에 대한 추억은 좋은 것, 빛나는 면만이 기억에 남는 것이 당연하다. 그러나 죽은 자가 완벽하게 좋은 사람이었던 적은 한 번도 없다고 말해도 과언은 아닐 것이다. 죽은 자는 살아 있는 동안 다양한 선과 함께 다양한 악행을 저질렀다. 또한 죽은 자가 산 자의 구슬픈 말로인 것만은 아니다. 모든 존재는 빛나는 부분과 추악한 면을 내포한다. 나중엔 들이 되든 신앙은 본래 '인간의 나약함'을 원천으로 희구되어 왔지만, 근래에는 그 관점을 망각한 '선한 사람인 척하는 행위'가 팽배해 있는 듯하다. 인간은 아름다운 부분도 있고 추한 부분도 있게 마련이다. 그 상극에 괴로워할 때 슬픈 일이지만, 인간은 누구나 조금은 신을 만나기가 쉬워지지 않을까. 나중엔 들이 되든 모든 일에는 양면성이 있다는 점을 알아야만 한다. 신중하다는 것에도 장단점이 있고, 인간성이 좋다는 것에도 장단점이 있다. 머리가 좋다는 것조차 반드시 좋은 것만은 아니다. 그리고 꼼꼼하다는 것은 머리가 좋은 것과 비슷하게 높이 평가받지만, 사실 주변에 있는 사람들을 치명적인 불행에 빠뜨리는 경우도 있다. 나중엔 들이 되든 어떤 사람이 매력이 있다는 것은 적당히 모자라는 부분이 있기 때문이다. 완벽한 사람일수록 오히려 매력이 없다. 그런데도 사람들은 자주 '완벽' 하다든가 '백 퍼센트' 라든가 '누구나' 라는 말을 쓰고 싶어한다. 그러면 그 순간부터 그 말은 진실이 아니게 되고, 그와 동시에 슬퍼할 만한 부작용, 즉 유머의 상실을 초래하게 된다. 사실 이야기

남들에게 자신을 좋은 사람으로 보이고자 하는
자는, 남을 의심하고 있다는 것이다. 사막, 이 신의 땅

스스로를 정의롭다고 생각하는 사람은 곧잘 누군가를 고발하는데, 나는 고발하는 행위만큼은 하고 싶지 않다. 왜냐하면 나쁘기 때문에 고발한다는 의식 속에는 제 자신은 그렇지 않다는 무언의 오만이 잠재하며, 또 인간은 가만 놔두어도 '선량한 존재'라는 단순한 믿음이 있기 때문이다. 사실 이야기 자신이 저지른 어리석은 행동이나 추한 행동을 오래도록 기억하고 있는 건 참으로 괴로운 일이지만, 하루 아침에 개과천선이라도 한 것 마냥 착한 인간이 됐다고 스스로 믿는 것보다는 책임 있는 태도이다. 나만 해도 시치미를 뚝 떼고 모른 척하고 싶은 심정은 굴뚝 같지만, 이제부터는 나의 추한 부분을 늘 염두에 두고 살고 싶다. 만약 그게 가능하다면 말이다. 사실 그렇게 하기란 피곤한 일이며 용기와 자제심이 얼마나 되는지에 달려 있다.

　성당에서 고해성사를 할 때 맨 마지막에 신부님이 "평화로이 가십시오"라고 말하는데, 뉘우침도 없이 자기가 범한 어리석은 행동을 잊어도 된다는 의미일까? 인간은 신이 아니므로, '절대 잊지 않겠다'고 하는 것 또한 오만이다. 나중엔 들이 되든 우리들은 누구나 예외 없이 비겁하다. 그런 점에서는 기가 막힐 정도로 똑같다는 것을 분명히 기억해두어야 한다고 나는 생각한다. 그렇지만 어느 시대나 정의를 위해 죽는 사람은 있었다. 현 시대에도 없을 거라고는 보지 않는다. 자기가 비겁한 부류에 드는 사람인지, 과연 누가 용기 있는 자인지, 그것은 그때까지 비밀이다.

　나는 우리들이 비겁함에도 불구하고 용서받을 거라 생각한다. 다만 우리들 자신의 비겁함을 깨닫고, 정의를 위해 죽어간 용기 있는 자를 향해 고개 숙여 "나는 당신의 발 뒤꿈치만큼도 따라가지 못했습니다." 하고 눈물 흘릴 때만이 우리 같은 비겁자도 겨우 인간 축에 낄 수 있을지 모른다는 말이다.

사실 이야기

무심(無心)은 방심과 다르다. 어느 순간 "교활한
계산도 잊고 자아를 망각하고 자연스럽게 어떤 인
간을 위해 존재하는 것"이라는 표현이 맞다. '자아'
는 잃지 말아야지 결심해도 잃고, 잃고자 결심해도
잃을 수 있는 게 아니다. 영원 앞의 한 순간

어떤 사람이 아무리 파렴치하고 뻔뻔스럽더라도, 정서가 메말라 피폐하고 무감동적이며 이기적인 정신 풍토를 갖고 있더라도, 그것을 두고 타인이 옳다 그르다 판단하는 건 불가능하다. 그는 그 피폐함 때문에 인생을 깊이 느낄 은혜를 받지 못했으니, 이미 스스로 벌을 받고 있는 셈이랄까. 물을 마시려 들지 않는 새에게 억지로 물을 먹이려고 컵 안에 주둥이를 쑤셔넣어봐도 새는 주둥이를 꼭 다물기만 할 뿐 마시지 않는다. 책임의 본질을 파악하지 못하는 인간에게 그와 같은 방법을 사용해봤자 본질을 깨닫게 할 수는 없다. 어떻게 하더라도 꼭 그 사람에게 알게 해주고 싶다면, 방법은 그 사람을 때려 죽이는 수밖에 없다. 그러나 나는 적어도 그 정도로 남에게 친절하지 않다. 어느 신화의 풍경

나는 그때 처음으로 스포츠가 정신을 단련시킨다는 의미를 알았다. 스포츠의 최대 산물은 연습광이 되어 승리를 쟁취하고 '하면 된다'는 확신을 갖는 게 아니다. 연습에 연습을 거듭해도 재능에 한계가 있다는 것을 깨닫고, 늘 자기 앞에 강자가 있어 자신에게 모래 먼지를 흩뿌리며 등 돌리는 것에도 견디며, 그런 상황하에서도 자기 자신을 잃지 않는 것이다. 나중엔 들이 되든 이렇게 말하면 이상하게 들릴지도 모르겠으나, 아직 젊은 시절에는 복잡한 노년을 살 자격도 지식도 없다. 몸이 말을 듣지 않게 되고, 기억력이 떨어지고, 아름다운 용모가 추해지고, 사회적 지위에 있던 사람이 그 자리에서 내려와야만 하게 되어 결국 자신의 기력과 덕의 힘만 남은 지경이 되면, 젊은이로서는 도저히 그것을 감당할 수 없을 거라 생각된다. 그리고 그러한 노년의 조건 속에서 많은 사람들은 그 나름대로 성장한다. 다시 말해 소년기와 청년기는 신체의 발육기, 장년기와 노년기는 정신의 완성기라는 것이다. 그중에서도 노년기의 비중은 무척이나 크다. 길 떠나는 날 아침에 만약 내가 '노화'라는 승산 없는 불운을 젊을 때 맛보았더라면, 나는 그것을 어찌 감당해야 할지 몰라 자살했을지도 모른다. 그러나 사십 년, 오십 년, 육십 년 간의 체험은 그것을 감내할 만한 힘을 비축해주고 있다. 다시 말해서 노년의 괴로움은(나의 소견으로), 신이 우리에게 감당할 힘이 있다고 판단하여 내린 사랑이다. 나는 이렇게 나이들고 싶다(계로록)

선입관은 정신의 노화이다. 사람들 속의 나

인생 최후의 순간에 필요한 것은 납득과 단념이라고 나는 생각한다.

납득하려면, 매일 하루같이 인생의 손익을 계산하는 짓일랑 그만두고 늘 '오늘이 마지막 날이라 해도 그다지 나쁘지는 않았다'고 생각하는 버릇을 붙여야 한다. 게다가 나는 사소한 일이라도 즐길 줄 알았다. 그중에서도 특별한 재능이라 생각하는 것은 다른 이의 장점을 유머러스하게 도출해내는 것이다. 그래서 내 인생은 재밌고도 좋은 일들로 가득하다. 만약 사후에 저 세상이 없어도 나는 조금도 실망하지 않을 것이다. 왜냐하면 나는 이미 이 세상에서 신의 축소판이라고밖에 볼 수 없는 사람들과 만났고, 가슴이 두근거릴 만큼 멋진 자연과도 조우했기 때문이다. 나는 언제 죽어도 미련이 없게끔 준비하는 중이다.

납득과 더불어 '단념'도 필요하다. 이것도 젊을 때부터 훈련해야 한다. 노력은 해보지만 포기해야만 하는 것이 있다는 것에 익숙해져야 한다. 달리 말하면 '인생은 사회가 어떤 형태가 되든, 원형 자체가 제대로 된 곳이 아니기 때문에 대부분의 희망

은 실현되지 않는 것이 당연하다'는 점을 명심해야
한다.

그런 관점에서 생각해보면 운명은 지나칠 정도
로 내게 친절했다. 새벽녘 신문 향기

인간은 죽을 때까지, 나이를 얼마나 먹든, 심지어 죽기 전날에도 삶을 다시 살 수 있다. 성 바오로와의 만남

　　노화를 체험하는 것과 더 이상 치유되지 않을 질병과 싸우는 일 또한 인간이 되기 위한 조건임에 틀림없다. 나는 이렇게 나이들고 싶다(계로록)

다만, 인간은 변한다는 것이다. 변할 수 있다는 말이다. — 물론, 성치 않은 쪽으로 변하는 경우도 있지만 — 그리고 변하기 위해서는 시간이 필요하다. 그것이 언제인지는 모른다. 긴 세월이 지나, 팔십, 구십을 넘어, 또는 죽기 전날에 변하는 경우도 있을 것이다. 그날이 바로 우리의 완성일이다. 물론 그것으로 '완전' 해졌다는 의미는 아니다. 그러나 그 사람 나름대로 완성한 것이다. 그리 생각하면 나는 노년을 사는 의미를 이해할 수 있다. 그리고 자살의 어리석음도 납득할 수 있다. 그렇게 다 알고 있으면서 자신을 완성품이 아닌, 반제품인 채 끝내는 일도 못할 짓이란 생각이 든다. 길 떠나는 날 아침에 노년에 든 사람은 이제 어느 쪽으로 방향을 틀든 대단한 일은 아니다. 어쨌거나 남은 시간이 길지 않기 때문이다. 일에 대한 책임도 별로 없다. 남은 일 가운데 중요한 것은 단 한 가지다. 그것은 내적인 자기 완성이다. 성 바오로와의 만남

모든 걸 바라지는 않는다. 그럼에도 부당한 운명에 처했을 때, 인간은 비약적으로 사고의 폭을 넓혀왔다. 벌 받을 이유는 없는데 '노화, 질병, 죽음'을 감내해야만 할 때, 인간은 비로소 이 지구를 전체로서 바라볼 수가 있게 된다. 신앙과 철학이 그 때문에 생겼다고 굳이 말하지 않더라도 인간은 그런 상황이 되어서야 자기를 되돌아보고 자기 생명이 수십 년 간의 사명을 끝내고 먼지로 돌아가는 그 과정을 '수락' 할 마음이 된다. 결국 '노화, 질병, 죽음'은 인간이 자신을 성숙한 존재로 키우기 위한, 마지막 선물인 것이다. 마침내 나인 날들

기저귀를 차고 자리 보존하는 노인이 되어서도 인간으로서의 존엄을 잃지 않는 사람이 있다. 그들은 아무리 괴로워도 감사하는 마음을 갖고 있는 사람들이다. 왜냐하면 감사라는 것은 얼핏 감사하는 사람이 아랫자리에 있고 감사받는 사람이 윗자리에서 은혜를 베푼 것처럼 보이지만 사실은 반대이다. 왜냐하면, 감사하는 행동은 감사받는 상대에게 기쁨을 주기 때문에, 병든 노인이 확실히 주는 쪽에 있는 것이다. 마침내 나인 날들

호기심은 젊음에 주어진 정신의 여드름이라 생각된다. 그것이 생겨나지 않게 되면, '끝'이라고 나는 내게 일깨우곤 한다. 사람들 속의 나

앞으로 펼쳐질 인생 후반에 가장 필요한 조건으로 허용, 납득, 단념, 회귀를 생각한 것은 사해 앞에 섰을 때였다. 지금은 그중 뭐 하나 잘 되지 않지만, 이 네 가지 조건을 진정 내 것으로 할 수 있다면, 나의 마지막 시간은 훨씬 농밀한 것이 될 것이다.

허용이라는 것은 각각의 사람들이 제 나름의 희생을 어떻게 신께 부여받고 사는가 하는 것을 알려고 하는 것이다. 신께서 부여하신 어떤 이의 좋은 특징이 이용되는 경우도 있고, 신께서 부여하신 그 사람의 악이 사회 움직임에 영향을 미치는 일도 있을 것이다. 그와 같이 장대한 '신의 계략'은 우리들로서는 도저히 파악할 수 없다는 걸 알지만, 그렇더라도 그 모든 것이 신께서 하신 일임을 깨닫고 가능한 한 많은 것들을 허용할 것, 이것이 내게 있어 첫 번째 훈련이다.

두 번째는, 만약 가능하다면 그러한 것들을 진심으로 납득하는 것이다. 진심으로 납득할 때 나는 더욱 진한 기쁨을 얻을 것이라 생각한다. 내게 있어— 이 세상에서 사랑한다는 것은—신이 계획하신 진의를 늘 한 발 늦게라도 깨닫고 가는 것이다. 만약 내 사랑의 대상이 신이라면, 내가 사랑하는 대상으로부터 무슨 일을 당하더라도 나는 납득할 수 있을 것이다. 나는 그렇듯 맹목적으로 살고 싶지만 여차할 경우, 궁시렁대며 불만을 토로할 것이다.

　세 번째, 단념은 앞의 두 가지와 불가분의 관계를 갖는데 자기가 얻지 못한 희망 사항에 대해 깨끗이 포기할 수 있도록 매일 하루같이 내 마음을 단련시키는 것이다. 내가 소심해서 그리 보는 것인지도 모르지만, 이 세상의 많은 일들은 사람들이 저마다 빨리 단념을 하지 못하기 때문에, 분쟁이 끊이지 않고 혼란스러운 것 같아 안타깝다. 다행히도 나처럼 어릴 때부터 늘 가까이서 불행을 실감하며 지낸 사람은 단념하는 데 익숙해 있어 그다지 어려운 일이라고는 생각지 않는다. 물론 내게도 헤어지고 싶지 않은 소중한 사람들이 많이 있기 때문에 그 사람들이 죽어갈 것을 생각하면 나 자신을 잃는 것처럼 가슴 아프지만, 어릴 때부터 내가 살아온 이 세상은 참담한 곳이었으므로 그것이 원형, 즉 원래 있던 자리로 돌아가는 것뿐이라 생각하면, 순순히 고개를 끄덕이게도 된다. 나는 남보다 조금 더 단념을 잘하는지도 모른다. 그리고 단념은 신부님이 말씀하시는 '자유로 가는 한 가지 확실한 방법'인 것이다. 어딘가 의지 박약한 방법인 것 같기는 하지만.

마지막으로 회귀이다. 이것은 무엇으로 회귀하는가를 확실히 해두어야 한다. 나의 경우 그것은, 물론 가능하다면 '영원한 생명'으로의 회귀이지만, 사람에 따라 나름대로 무엇으로 회귀할지 결정하면 된다고 생각한다. 인생의 사양길에 섰을 때, 인간은 어디로 돌아갈지 결정해야만 할 것 같다. 갈 길이 분명치 않은 것은 어찌 봐도 불안하기 때문이다. 나중엔 들이 되든 사막은 아무것도 없는 까닭에 완벽했다. 나는 온 사방이 끝도 없이 평평한 사하라의 한가운데에서 만월의 빛을 받으며, 며칠 밤이나 인생을 내다볼 시간을 가질 수 있었다. 동행인은 있었지만 거기서 나는 심리적으로 혼자였다. 홀로 살고 있는 인간을 시간과 장소를 초월해 찾아올 수 있는 존재는 신밖에 없었다. 결코 내가 사막에서 자주 기도를 했다는 말이 아니다. 다만 나는 일그러지고, 비참하고, 추하고, 가련한 부분이 있는 내 인생을 있는 그대로 깊이 납득하고, 모쪼록 이 모습 그대로 받아들여주십사 신께 기원했다. 이런 종류의 여행은 인생의 종점을 눈앞에 두고 죽음에 대해 편안히 생각할 수 있을 즈음에 더 잘 어울린다는 것을 안 것도 그때이다. 사막은 젊은이의 땅이 아니라 내적으로 복잡해지면서도 언제 죽어도 아쉬울 것 없는 노인들을 위한 사색과 찬미의 땅이라 생각한다. 영원 앞의 한 순간

인간이 좋아하는 것은 사실 '부자연스러움' 이
다. 그 점을 알지도 못하고서 자연 환경을 파괴하는
것은 부당하다고들 말한다. 실로 우스운 일이다. 진
정 자연 환경을 파괴하고 싶지 않다면, 홍수, 눈사
태, 해일, 장티푸스 창궐, 겨울은 춥고 여름은 더위
바깥 출입이 용이하지 않은 것, 이 모든 것들을 일어
나는 대로 받아들여야만 한다. 좀더 편히 살려고 이
것 저것 인위적인 작업을 가하다가 뜬금없이 자연
을 되돌리자고 말한다. 이렇듯 이기적이고 자기 본
위적인 행위가 허용되는 인간 사회라는 것이 얼마
나 단순하고 어리숙한 곳인가, 나는 생각한다.　나는
고양이요

(진정한) 자연은 인간을 죽이고 인간의 사고를 저해한다. 자연은 불합리하게 인간의 희망을 깨부수고 운명을 뒤흔든다. 도시의 행복

식물은 의연하게 존재한다. 인간을 바꿀 뿐이지 자신은 본질적으로는 거의 변하지 않는다. 환경 변화에는 어느 정도 맞추지만, 긴 안목으로 보면 그것은 타협의 방향이 아니라 본성을 지키다가 자결하는 쪽이라 봐야 한다. 아사히 원예 백과 아무것도 없는 곳에는 반드시 강렬한 무언가가 있었다. 나는 지금까지 몇 차례 사막에 가보았지만, 그곳에는 아무것도 없는 게 아니라, 우주를 느끼게 하는 투명하고 완벽한 것이 존재했다. 홍매백매 사막은 또한 저항의 토지이다. 저항 없이 그곳에서는 어떠한 생물도 생존할 수 없다. "인간이 사는 세계는 원하기만 하면 언제 어디서든지 조화와 평화를 이룰 수 있다"고 말하는 사람과 만나면, 사막은 소리 없이 비웃을 것이다. 그리고 잠시 있다가 거의 그 사람을 집어삼킬 만큼 격하게 보복할 것이다. 왜냐하면 사막에서 그와 같은 통념과 순진한 생각을 믿는다는 것은 일종의 어리석음이고, 죄악에 가까운 것이기 때문이다. 그것은 생명을 갖고 있는 자가 필연적으로 가져야만 하는 잔인한 관계를 인정하지 않는다는 오만이므로, 사막은 그 인간이 말 그대로 '죽을 만큼' 겸허해질 때까지 보복할 것이다. 사막, 이 신의 땅

오아시스가 마음을 설레게 하는 것은 그 물이 언젠가 말라버릴 운명에 있기 때문일지도 모른다. 그것은 지구 생성의 차원에서 보면, 극히 짧은 기간 동안에 생명을 보장받는 것이고, 그런 면에서 인간의 생애와도 매우 흡사하다. 사막, 이 신의 땅

이 세상 만물은 예외 없이 노화하고 죽거늘 어째
서 아침과 바람은 영원히 신선한가. 시간이 멈춘 아기

문득 사막 한가운데서 나는 문명이란 어떤 것인가를 너무도 간단히 정의 내려버렸다.

문명이란 단 세 가지로 규정할 수 있다.

밤 시간을 활용할 수 있을 것.

정확하고 평평한 수평면이 있을 것.

비바람, 모래 등으로부터 몸을 피하고 물을 충분히 사용할 수 있을 것. 사막, 이 신의 땅

문명이란 무엇인가에 대해 나는 두 번째의 안이 한 답을 내리려고 한다. 문명이란, 나 자신이 아니라 남이 어떻게 여길지 생각하는 여유를 말한다. 물론 추측한 것이 다 정답이라고는 볼 수 없다. 그러나 틀리더라도 남이 어찌 생각할지 추측하는 자세는 문화의 척도와 상당히 일치한다. 사막, 이 신의 땅

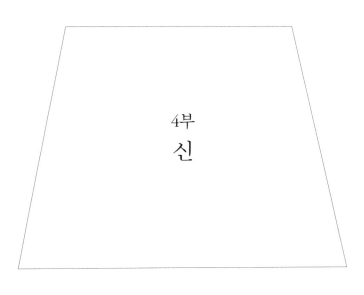

4부
신

신이 만약 어른이 아니었으면 어떻게 됐을까? 착한 이에게만 햇빛과 단비를 내리고 나쁜 이에게는 암흑과 메마른 사막만을 주려 하면 어떻게 될까? 적어도 나를 포함한 절대 다수의 속물들은 연명하기 위해 모두 신이라는 무서운 존재의 비위를 맞추며 필사적으로 마음에도 없는 아첨을 할 것이다. 선악의 의미도 생각하려 하지 않고(나는 지금도 여전히 그 구별이 분명치 않은 사람들이 너무 많은 것에 놀랄 따름이다.) 그저 신이 내리는 평가에 일희일비하며 우왕좌왕할 것이다.

그러나 신은 어른이다. 신은 천천히 열매가 익기를 기다리듯 인간이 충분히 고통 받고, 길을 찾아 헤매고 스스로 상처 받으며 답을 찾아내길 기다리신다.

기껏 그 나이를 먹고도, 유치한 논공행상을 함으로써 남 못지않게 사람을 다루고 있다고 믿는 단순한 경영자 같은 구석은 전혀 없다. 모든 이에게 공평히 빛과 비를 내리신다. 이 광경만큼 냉정하고도 장대하며 관대하여 나를 전율케 하는 것도 없다. 내 안의 성서

신은 우리들을 각자에 걸맞게 사용한다. 우리의 현명함도 어리석음도. 신은 인간을 속박하는 게 아니라, 해방한다.

신이 없었다면 인간은 이렇게나 훌륭하고, 이렇게나 아름답고, 이렇게나 어리석고, 이렇게나 부럽고, 이렇게나 잔혹한 일을 생각해낼 수가 없다. 그리고 신이 없었다면, 정치나 경제, 외교의 결과가 이렇게나 예상 외로 재밌는 결말을 맞을 수도 없다.

나는 신앙 덕분에 인생을 진하게 맛보았다. 남들이 말하는 대로 믿음을 가지면 방황하지 않고 구원받는 것이 아니라, 나는 신앙 덕분에 더 멀리 방황하면서 그와 동시에 복잡한 인간의 마음을 조금은 들여다볼 수 있게 됐다. 나는 이 세상에서 신을 보았다. 그것도 깜깜한 암흑 속에서 본 것이다. 　내 안의 성서 인간은 신 앞에 모두 평등하고 같은 위치에 서 있지만, 신앙을 갖고 안 갖고는 그 위치가 아니라 바라보는 방향이라고 나는 생각한다. 성 바오로와의 만남

만약 내가 혼자서 이 땅을 여행한다면 어찌 될까. 밤이 되면 나는 홀로 대지에 웅크리고 앉아 별과 모래뿐인 공간에 남겨질 것이다. 그러나 인간인 이상 나는 늘 누군가와 이야기하고 싶다. 그때 나는 그 누구와 대화를 하면 좋을까? 사랑하는 자는 늘 그 사람 마음속에 있다지만, 현실적으로 그 사람은 수백, 수천 킬로미터 떨어진 곳에 있다. 실존하는 인간은 바로 곁에 있어 그 피부의 따스한 체온을 느끼고 손을 맞잡을 수 있어야 하는 것이 조건이다. 그 위화감을 뛰어넘어 본래 있는 그대로의 모습으로 이 자리에서 이야기를 나눌 수 있는 사람은 없는 것일까?

바로 그 순간 사람들은 사막에서 신을 느꼈다. 신은 널리 존재하므로 수천 킬로 떨어진 공간을 초월해 바로 곁에 와 계시는 걸 느낄 수 있었다. 결국 실재감 있는 존재란 신밖에 없었다. 신의 소리는 맑고 투명하여 사막의 고요를 깨는 일 없이, 그러면서도 사람들의 마음속에 또렷이 울려 퍼진다. 사막, 이 신의 땅

재미나게도 신앙을 갖게 되면 실패한 인생이라는 것이 없어진다. 그것은 무엇을 해도 실패하지 않는다는 의미가 아니다. 어떤 인간의 삶이 신의 존재와 늘 결부되어 있다면, 만약 자잘한 좌절이 있더라도 어떤 인생이든 의미를 찾을 수 있다. 그 대신 이 세상의 흔하디 흔한 빛은 빛이 아니게 되고, 이 세상의 그림자 속에서도 눈부신 빛을 발견하게 된다. 무엇이 이 세상의 영광인가 하는 데 대한 가치는 소리 없이 역전된다. 이것은 어떠한 정치가, 심리학자, 극작가도 만들어내지 못한 역전 드라마이며 해방이다. 나를 바꾼 성서의 말

나에게 만약 기도와 일이 없었다면, 우울할 때 어떻게 그 밑바닥을 헤치고 올라올 수 있었을까 생각할 때가 있다. 기도 안에는 신에 대한 불평과 구원도 포함된다. 신이 없었으면 인간을 앞에 앉혀두고 불평하겠지 싶다. 다른 사람을 앉혀놓고 불평을 늘어놓으면 성가셔하겠지만, 신은 언제나 얼마든지 들어주니까 편안하게 생각하기로 했다. 시간이 멈춘 아기

요즘 들어, 신은 모든 것을 남김없이 사용한다는 말을 실감한다. 신은 그 사람의 현명함도 사용하지만 때에 따라선 그 사람의 어리석음까지도 축복을 내리듯 그 사람이 그 어리석음에 의해서만 얻을 수 있는 일을 시킨다. 그 계략에 대해 인간은 무슨 말을 할 수 있을까. 길 떠나는 날 아침에

이 세상에서 통용되는 능력주의는 개개인에게 재능이 있는지 없는지로 판단하지 않는다. 오히려 사람들을 한 줄로 쭉 세워놓고 평가한다. 하루에 백 개를 생산하는 사람은 열 개밖에 못 만들어내는 사람보다는 열 배 더 높이 평가된다. 그러나 신은 다르다. 몸이 부자유스런 사람이 큰 결심을 하고 만들어낸 한 개는, 몸이 성한 사람이 게으름 피면서 마지 못해 만든 백 개보다 훌륭한 것이라 판단한다. 길 떠나는 날 아침에

진정한 변화는 누군가의 명령을 받거나 제도적
으로 강제되어 이루어지는 것이 아니다. 개인이 늘
겉으로 드러나지 않게 자기 혼자서 절대자와의 관
계하에 제 자신을 바꿔나가는 것이다. 마침내 나인 날들

내 안에 인간 관계 이외에 그보다 더 소중한 신과의 관계가 있다고 실감하는 것은 모든 일에 커다란 영향을 미친다. 유태인도 구약 시대부터, 아무도 밖에서 엿볼 수 없는, 신과의 내밀한 관계를 무엇보다 중시했다. 진정한 개인주의는 신의 존재 없이 그 개념을 완성시킬 수 없다는 것을 나는 이제 잘 안다.

도시의 행복

신의 손조차도 일을 할 때는 더럽혀진다. 달리 말해서 때를 묻히지 않으면 실제로는 일을 하지 않았다는 것이다. 신의 더럽혀진 손

생명이라는 것은 인간이 살아가면서 다른 이에
게 얻게 해주거나, 앗아버리겠다고 결정할 사항이
아니다. 생명에 관한 것은 모두 그러하다. 그것은
오로지 신의 소관이다. 신의 더럽혀진 손

성행위는 즐기면서 자식은 필요없다고 하는 논리만큼 무책임한 것도 없다. 경제적으로 어려워 도저히 아이를 키울 수 없다면 임신의 원인이 되는 짓을 하지 말고 참든지, 방지하든지, 아니면 태어난 아이가 가능한 한 행복하게 살 수 있도록 다른 이에게 넘기는 노력이라도 해야 한다. 하지만 이러한 판단도 성 지식도 없는 청소년 임신일 경우도 있을 것이다. 그런 '애가 애를 낳은 경우'에는 아기를 국가가 키우든지 입양을 원하는 사람에게 위탁한다. 낳지 않을 자유는, 불필요한 인간을 죽인다는 생각과 같다. 생명이라는 것을 만약 소중하다고 말한다면, 어떠한 형태의 생명도 선택의 여지없이 살려야 한다.

마침내 나인 날들

"게으른 아프리카 사람은 적당히 굶다가 죽어도 된다. 그것이 자연 도태라는 것이다." 라고 내게 말한 사람이 있다. 입밖에 내지는 않아도 속으로 그렇게 생각하는 사람은 많을 것이다. 그러나 우리들은 신이 아니다. 누가 살고 누가 죽어야 하는가를 결정할 수 있는 사람은 아무도 없다. 나는 그 판단만큼은 인간의 영역이 아니라는 것을 확실히 알기 때문에 주저할 게 없다. 산 사람은 살아야만 한다. 그저 그것이 진리이다. 나중엔 둘이 되든 비록 자기는 죽어도 자신의 분신인 듯한 생명이 어딘가에서 자라고 있다고 믿게 될 때, 사람은 아무리 가혹한 운명이라도 받아들일 용기를 갖게 된다.

시간이 멈춘 아기

'생명 존중'이란 자기 입장에서 여러 모로 관계가 편한 인간이 살아 있어줄 때나 사람들이 입에 올리는 그럴 듯한 말이다. 세상에는 살아 있었으면 하는 존재도 있지만, 그와 엇비슷한 비율로 죽었으면 하고 바라는 사람도 있다. 어느 쪽이나 판단의 기준은 결국 이해 관계이다.　신의 더럽혀진 손

늘 농밀하고, 늘 신선하고, 영원히 미래인 것은
기도뿐이었다. 시간이 멈춘 아기

무신론자의 입장에서 보면 우스울지도 모르지만, 기쁠 때나 슬플 때나 가장 중요한 일은 기도이다. 기도의 의미를 믿지 않으면 나는 인생의 향기를 느끼지 못할 것만 같다. 기도만큼 평등한 힘을 갖는 것도 없다. 극악무도한 범죄를 저지른 사형수의 기도나 우리들의 기도나 똑같다. 오히려 온 마음을 다해 기도하는 사형수의 기도가 더 훌륭한 기도가 될 가능성이 많다.

기도는 인간 공통의 슬픔이고 희망이다. 관혼상제는 그 어느 것이나 인생에 있어 하나의 획이 되고 또 출발이므로, 보이지 않는 미래에 대해 우리들은 기도하는 수밖에 없다. 그리고 돈이 있는 사람이나 없는 사람이나 기도만큼은 한 치의 차별도 없이 '선사' 할 수 있다. 그러나 기도를 팔 수는 없다. 고승이 수십 명의 사람들을 동원하여 기도를 해도, 단 한 사람의 진실한 기도에 미치지 못하는 것이 기도의 본질이다. 사실 이야기

고통이 없으면 기도하지 않으니 신은 우리들에
게 기도를 잊지 않게 하기 위해 일부러 가끔씩 고통
을 주신다고 나는 믿는다.　이 슬픔의 세상에

기도라는 건 비과학적이라고 말하는 것은 여유 없고 속 좁은 생각이다. 그것은 인간의 오만이다. 인간은 가능한 한 노력을 다하고 그리고 나서는 기도하는 수밖에 없다. 신의 더럽혀진 손

누차 말하지만 멀리 있다는 것은 참으로 멋진 일이라고 생각한다. 그러나 이렇게 수만 킬로 떨어진 곳에 있으니 기도라는 것이 얼마만큼 위대한 힘을 발휘하는지 실감할 수 있다. 광대한 공간을 뛰어넘어 한 사람의 사랑을 전하는 방법은 기도 외에는 없다. 이 슬픔의 세상에 그렇다, 나는 한 가지 고백해야 할 게 있다. 사실 나는 영원한 생명이 있다고는 믿지 않는다. 나는 영원한 생명을 얻는 기쁨으로 가득 차 죽음을 기꺼이 맞이하는 일은 없을 것 같다. 죽으면 모든 것이 사라진다고 생각할 때가 많다. 그렇다면 신은 어찌 되는 것인가. 나는 가끔씩 이 세상에서 신을 보았다고 생각하는 순간이 있다. 좋은 일이 생겼을 때 그런 것은 아니다. 그만큼 신앙이 두터워서 그런 것도 아니다. 이 무시무시한 세상의 복잡성, 인간 특유의 유치함, 선의와 악의가 모두 한 운명 속에 뒤섞이는 기괴함, 그와 같은 것들 속에서 나는 신이 없으면 설명할 길 없는 농후한 인생을 맛보았다.

"죽어서 무(無)로 돌아간다면, 영원한 생명은 무엇이란 말이냐!"라고 사람들은 말할 것이다. 꼴베 신부는 자식을 갖지 않았다. 생물학적으로 생명을 전하는 일은 없었다. 그러나 신부는 많은 젊은 수도사들의 마음을 이끌었다. 수용소에 들어가 생명은 거의 끊어질 듯한 지경이 되고, 인간으로서의 외관상 모든 존엄을 잃어버렸어도 신부는 적들에게조차 깊은 감화를 주었다. 그와 같이 정신의 본질적인 빛을 누군가에게 전달하는 것이야말로 영원한 생명 아닐까. 비록 그리스도의 위대하고도 초자연적인 영원한 생명 감각은 결여되어 있다 해도, 영원히 어떠한 생명을 전달한다는 것은 이런 식으로 가능한 것이다. 기적

출전

소노 아야코의 문학 세계

이 책에 수록된 글들은 가톨릭 신앙에 바탕을 둔 소노 아야코의 '인생과 인간에 대한 깊은 성찰'이 담긴 언어의 진수이다. 뭇사람들이 말하는 잠언이나 명언과는 전혀 다르다.

무수한 인간 내면의 드라마를 인생의 '현장'에서 통찰하여 현대인의 명석한 논리로 표현한 언어의 진수이다. 따라서 그 하나하나의 언어에는 모두 인생의 윤곽과 정경이 녹아 있으며, 인간 세계에 대한 풍부한 상상력이 담겨 있다.

또 글 중에는 성서와 그리스도교 교리에 의거한 말들이, 그것도 죽음처럼 무거운 주제하에 꽤 많이 수록되어 있지만, 무신론자에게도 결코 강요하지 않으며 오히려 마음에 와닿는 적절한 표현으로서 읽는 이를 감동시킨다. 그것은 신(절대자)의 힘을 빌어 스스로 인생과 인간에 대한 인식을 심화시킬 수 있었던 소노 아야코의 신앙의 내실을 표현한 말들이기 때문이다.

이 풍성한 언어의 진수에 대해 새삼스럽게 어떤

해설을 덧붙일 필요는 없을 것이다. 그러나 하나하나의 말들을 소노 문학 작품 세계의 틀 안에 담아 보면 《때로는 멀리 떨어져 산다(원제: 失敗という人生はない)》라는 타이틀에 어울리는 글로서 더욱 깊이 음미하며 읽을 수 있을 거라 생각한다.

　소노 아야코는 전형적인 상류 계층에서 태어나 유치원부터 대학까지 명문인 성심여자학원에서 수학하였고, 규율이 엄격한 종교적 분위기 속에서 성인이 됐다. 언뜻 보면 굴곡 없이 자란 것처럼 보이지만 실은 사춘기 시절 양친의 불화로 인해 집안에서는 매우 폐쇄적인 공기 속에서 지냈다. 그 때문에 실제로 그는 폐쇄공포증에 시달리기도 하였다.

　성인이 되어 글을 쓰기 시작한 소노 아야코는 이 폐쇄공포증과 싸우는 고통 속에서 소노 문학의 핵이 되는 독자적인 관점과 사고방식을 만들어나갔다. 이와 같은 자신의 병력을 정신의 영역에 도입하여 자기를 고양시키기에 이른 소노 아야코의 고통의 시간을 상상하기란 어렵지 않다.

그 후 소노 아야코는 심한 불면증과 백내장을 앓았을 때에도 모두 강인한 정신력으로 이겨냈다. 실명이 되기 직전의 눈으로 중동 여행에 나서기 위해 짐을 꾸리던 소노 아야코의 모습을 나는 잊을 수가 없다.

"폐쇄공포증으로부터 헤어나기 위해서뿐만 아니라, 가톨릭 사회에서 배운 도덕적 생활에서 도망치기 위해서도 나는 어떠한 형태로든 항상 '탈출'을 기도했다. 갇히고, 탈출하고, 이와 같은 물리적 관계의 반복은 좋아하고 말고의 문제가 아니라 앞으로도 여전히 나의 생리적인 패턴이 될 거라는 예감이 든다. 나는 타협적으로 살지 않겠다고 마음먹었다. 또 가장 아름다운 죽음은 아무도 모르게 객사하는 것이라 생각하기로 했다. 작가에게는 회의와 수치가 불가결한 요소라고 생각했던 옛날의 나였다면 이와 같은 '주관적인 생각'을 내게 허용하지 않았을 것이다. 그러나 겸허함과 희생적인 생활에 의문을 품기 시작했을 때부터 나는 의식적으로 나 자신에게 엄격해지지 않기로 결심하게 됐다."

"나는 당연히 나를 인정하기 위해 거부해야만 했다. 그리고 거부한 것을 받아들일 때 나는 무언가를—아니 모든 것을 용서해야만 한다. 나는 '용서'에 대해 생각하고 글을 쓸 때면 반드시 그러한 심정으로 임했다. 거기서 벗어났던 작품은 없을지도 모른다."

우리는 인용된 '폐쇄, 그리고 탈출'을 통해 소노 문학의 일면을 엿볼 수 있다. 소노 아야코와 마찬가지로 폐쇄공포증을 경험한 후쿠다 히로토시 씨는 "그 대처 방법 자체가 소노 아야코의 문학적 자세를 선명히 드러내준다"면서, "이 점은 소노 문학을 논할 때 간과할 수 없는 것"이라고 평했다. 그는 '폐쇄와 탈출'의 긴장 관계를 소노 문학의 대립 명제인 '거절과 수용'으로 전화(轉化)하고, 거기서 소노 문학의 기저를 찾았다.

후쿠다 씨는 소노 아야코의 작품론 안에서 이에 대해 "자기 방기와 현실 수용"이라는 표현을 사용했다. 이 명제는 마침내 가톨릭 신앙에 의해 심화되고 소노 문학의 주조(主調)를 명확히 했다. 그러나 초기에는 이 명제가 소노 아야코의 생리와 분리되

지 못했는데, 그것이 오히려 허무적인 정취를 자아
내어 매력적인 작품 공간을 만들었다. 그리고 소노
아야코의 작품 속에서 볼 수 있는 객관적인 작가 시
점은 이 허무적 세계가 뒷받침된 것이라 생각한다.

　소노 아야코는 17세 때 세례를 받고 신앙 중심의
학교 생활에서 가톨릭 교육으로부터 유형 무형의
은혜를 입었다. 특히 전시(戰時)의 탄압 속에서도
묵묵히 영원한 시간을 사는 수녀들의 모습은 인격
형성기의 소노 아야코에게 가장 큰 가르침이 됐다.

　그러나 폐쇄공포증으로 인해 탈출 욕구가 강한
소노 아야코는 학교 분위기에도 저항을 느끼기 시
작했다. 그리고 청빈, 정결, 순종에 대한 맹세하에
신 이외의 어떠한 것에도 구애되지 않는 수녀들의
생활에 기만을 느꼈다. 특히 충격을 받은 것은 값비
싼 소고기 스프 국물을 우리고 내다버린 소뼈를 발
견했을 때이다. 소노 아야코에게는 그 뼈더미와 수
녀들이 뼈에 붙은 살코기를 먹는 현장이 서로 눈앞
에 겹쳐지며 그려졌던 것이다. 그 이후 "하나의 그
림처럼 완벽한 이야기 뒤에는 반드시 어딘가 거짓
이 있다"며, 미담과 이상을 조금씩 믿지 않게 됐다

고 밝히고 있다.

소노 아야코를 발굴한 우스이 요시미 씨가 "소노는 소설을 읽지 않기 때문에 오히려 큰 작가가 될지도 모른다"고 예언한 대로 《멀리서 온 손님》이 1954년 상반기 아쿠다가와 상 후보작이 되면서 '신선한 이종(異種)'으로서 소노 아야코는 각광을 받았다. 우스이 씨가 말한 '소노가 읽지 않은 소설'이란 당시 패전 후의 공황 상태 속에서 너도나도 빠져들어 읽던 다자이 오사무, 사카구치 안고의 작품과 같은 사소설을 말하는 것이다. 기존 작품들을 동경하며 그것을 목표로 작가 수업을 받던 이른바 문학청년들의 관례를 소노 아야코는 전혀 따르지 않았다.

소노 아야코는 자신을 살리는 유일한 방법으로 작가의 길을 선택했지만 그 외 더 좋은 방법이 있으면 즉시 그쪽으로 방향을 틀었을지도 모르는 일이다. 소설을 쓰기 시작했을 무렵, 소노 아야코의 눈앞에는 일본 문단 대신, 인간이 사는 모든 미지의 영역이 펼쳐져 있었다.

그 말대로 소노 아야코는 40년 가까운 작가 생활

중에 전쟁, 의학, 토목공학 등 여러 영역을 개척하고 작품마다 새로운 문학의 경지를 제시해왔다. 어떠한 경우에도 오랜 시간에 걸쳐 전문서를 소화하고 철저한 현장 조사와 광대한 자료 검증 분석에 온갖 노력을 아끼지 않았다. 그 집중력에 나는 한 인간의 능력의 한계와 가능성 양면을 본 듯한 느낌마저 든다.

전쟁이든 댐 건설이든 모두 인간 사회에서 일어나는 장대한 드라마적 양상을 보이지만, 그 어떤 경우도 역사 · 정치 · 과학 등의 영역에서 벗어나지 않으며 체험을 작품의 소재로 쓰지 않는 한 작가 정신을 매료시키는 세계는 아닐 것이다. 그러나 소노 아야코는 치밀한 준비를 하고 이 세계에 뛰어들곤 하였다. 소노 아야코는 자신을 키워줄 미덕으로 미지의 영역을 향한 정열의 미덕을 선택한 것이었다.

1988년 4월
岡 宣子 (메지로학원 여자단기대학 교수)

옮긴이 오유리

일본어 전문 번역가.
1969년 서울에서 태어났다. 성신여대 일문과를 졸업하였다. 롯데캐논과
삼성경제연구소에서 번역 업무를 맡았으며, 현재 전문 번역가로 활동하
고 있다.
옮긴 책으로《도련님》,《마음》,《안녕, 기요시코)》,《어디 가니, 블래키》,
《워터》,《오디세이 왜건, 인생을 달리다》 등이 있다.

때로는 멀리 떨어져 산다

1판 1쇄 인쇄 2025년 6월 5일
1판 1쇄 발행 2025년 6월 13일

지은이 소노 아야코
옮긴이 오유리

펴낸이 김현정
펴낸곳 도서출판리수 / 책읽는고양이

등록 제4-389호(2000년 1월 13일)
주소 서울시 성동구 행당로 76 110호
전화 2299-3703
팩스 2282-3152
홈페이지 www. risu. co. kr
이메일 risubook@hanmail. net

ⓒ 2025, 도서출판리수

ISBN 979-11-92753-38-6 03830
※ 책값은 뒤표지에 있습니다.
※ 잘못 제본된 책은 바꾸어 드립니다.